KB182651

죽도록

사 랑 받 고
싶어서

죽도록

사 랑 받 고
싶어서

김동영
지음

arte

당장 죽고 싶은 것도

오래 살고 싶은 것도 아니었다.

그저 사랑받고 싶었을 뿐이다.

나는 이런 내가 싫었다.

이런 나라도 사랑해 줘서 고마웠어요, 엄마.

차례

4부. 영혼의 집

5부. 나는 내가 어쩐지 슬퍼졌다

나는 왜 그렇게 죽으려고 했을까?

죽음은 플라톤에 따르면 육체로부터 영혼이 분리되는 것이고, 요하네스 스코투스 에리우게나에 의하면 육체가 다시 원소로 되돌아가는 것, 피에르 가상디는 해탈에 이르는 감각의 해방이라고 보았다.

기독교에서는 벌을 받고 원죄의 결과를 보는 장으로 해석하며, 요한 볼프강 폰 괴테에 의하면 많은 생명을 가지려는 자연의 기만이다.

나는 환생과 카르마를 믿는다. 신을 믿고, 마지막 날 심판에 따라 천국과 지옥으로 영혼이 간다는 것을 믿는다.

외계인과 사라진 초고대문명을 믿으며, 죽음 후에 아무것도 남지 않는다는 것도 믿는다.

죽음은 인간의 역사에서 늘 매혹의 대상이었다.

그렇지만 사람들 대부분은 부여받은 생을, 억지로 삼키듯 꾸역꾸역 계속 살아왔다. 글을 쓰는 동안 나는 대부분 카이로, 룩소르, 아스완, 예루살렘, 도초도라는 섬에서 홀로 지냈다. 당연하듯이 외로웠고 고독했으며 무엇보다 심심했었다. 그래서 나는 혼잣말이 늘었고 누군가 나를 발견해 주기를 기대하며, 저 우주로 날아간 보이저2호가 지구로 소식을 전하듯 계속해서 당신에게 편지를 보내고 보냈다. 어쩌면 이 글 모두 나를 달래기 위해서 쓴 독백, 아니면 당신과 내가 같은 세상에서 살아 숨 쉬고 있다는 메시지인지도 모르겠다. 그래서 이곳에는 나의 혼잣말, 당신에게 보내는 편지가 뒤섞여 있다. 여기에서 당신은 과거의 인연이었거나 미래의 인연이 될 사람, 후배 세대들, 이 세상에 존재하지 않는 나의 엄마, 신, 사랑 혹은 죽음이었다.

나는 죽을 것처럼 살아왔고, 살 것처럼 죽을 것이다. 죽음에 대해서는 무엇이든 다 의심하지 않고 믿는다. 300쪽 넘게 죽음에 대해 이야기했지만, 나는 결국 죽지 않았다. 비겁했고, 허세스러웠고, 나는 나에게 미련이 많다.

분명 언젠가는 죽겠지. 나는 당신보다 더 오래 살아남아 모든 죽음을 보고 싶다.

2024년 11월, 김동영

1부.

살아 보지 못한 생

죽음이 슬픈 이유는
사랑이 있는 곳에서만
존재하기 때문이다.

— J.R.R. 톨킨John Ronald Reuel Tolkien

거기서 나는 나를 만났었는지도 모른다

이집트 아스완Aswān의 12월 정오에, 나는 낙타와 상인들이 가득한 아스완광장 옆의 노천카페에서 그들을 바라보다 내가 살아 보지 못한 생을 생각했다.

나는 커피콩같이 어두운 피부를 가진 누비아인이었을 것이다. 나는 사막에서 낙타와 염소를 키우는 목동이었을 것이다. 나는 이집트의 남쪽에 인접한, 사하라사막에 살고 있었을 것이다. 나는 글을 쓸 줄도 읽을 줄도 몰랐을 것이다. 나는 대신 아름다운 노래를 부를 수 있었을 것이다. 그 노래로 염소, 낙타 들은 나를 따랐을 것이다. 나는 매일 낙타들에게 빗질을 해 주고, 염소들에게는 풀을 뜯을 수 있는 목초지로 인도했을 것이다. 나는 때가 되면 새 목초지를 찾아 사막을 배회했을 것이다.

나는 염소에게 젖을 얻어 마시고 그걸로 치즈도 만들어 먹었을 것이다. 그리고 그들의 가죽과 털로 옷을 만들어 입고 밤의 추위와 한낮의 햇살을 피했을 것이다. 나는 낙타를 키워 근처 도시에 팔면서 살아갔을 것이다. 나는 많은 것을 가지지 않았지만, 많은 것이 필요하지 않았을 것이다. 나는 수도자처럼 혼자서 살았을 것이다. 나는 외롭거나 고독하지 않았을 것이다. 그 감정들이 어떤 것인지 배운 적이 없었을 것이다.

나는 밤에 모닥불을 지피고, 나의 염소, 낙타 들과 함께 사막 한가운데인 고요 속에서 별들을 올려다보며 잠들었을 것이다. 나는 우기로 나일강이 범람하기 전에 귀하게 키운 낙타를 끌고, 사흘 밤낮 나일강 줄기를 걸어서 아스완까지 왔을 것이다. 나는 낙타 두 마리를 팔기 위해 광장 그늘진 곳에 앉아 있었을 것이다.

나는 거기서 나와는 다르게 생긴 한 남자를 보게 되었을 것이다. 그 남자도 나를 바라보고 있었을 것이다. 한참을 우리는 서로 빤히 바라보기만 했을 것이다. 나는 그 남자가 왠지 익숙하다고 생각했을 것이다. 그렇지만 사막에 혼자 사는 나는 동양에서 온 그 남자를 본 적이 없다는 걸 깨달을 것이다.

나는 이내 그 남자에 대해서 잊을 것이다. 나는 노래를 불러 낙타를 다른 장소로 이동할 것이다.

나는 멍하니 카페에 앉아 있다 노랫소리를 들었고, 노랫소
리에 낙타 두 마리가 한 이집트인을 따라 광장 밖으로 천천
히 걸어가는 걸 봤다. 처음 듣는 노래였지만 나는 그 노래가
참 익숙하다고 느꼈다.

언젠가 우리는 깨닫게 될까
허물어진 꿈 속에서 나이 들어 가며
서로가 서로의 연장선이며
삶은 나눔의 선물이라는 것을……

우리 자신을 내어 줄 때
날마다 조금씩
사랑과 진심을 나눌 때

우리 자신은 눈물의 시작이자
모든 기쁨의 끝이 된다

— 예명 아름다운누비아로 활동하는 음악가, 세군 아킨롤루Segun
Akinlolu의 시 「우리 삶의 진짜 이야기The Real Story of Our Lives」에서

멜랑콜리아

저는 글을 쓸 때마다 멜랑콜리melancholy에 빠져 허우적거리고 있습니다. 혹시 '멜랑콜리'라는 말을 들어 본 적 있나요?

멜랑콜리는 우울함, 침울한 기분, 비관주의에 해당하는 인간의 감정을 가리키는 말이죠. 몇 해 전 우울증에 대한 책을 읽다가 멜랑콜리아melancholia에 대해서 알게 되었습니다. 그리스어로 멜랑melan은 '검다', 콜레cholē는 '담즙'으로 멜랑콜리아는 '검은 담즙'이라는 뜻입니다.

그리스시대에는 인체를 이루는 기본 요소로서 네 원소(공기, 물, 불, 흙)에 대응되는 '4체액설'을 제시했습니다. 이 네 체액은 혈액blood, 공기, 점액phlegm, 물, 황담액yellow bile, 불, 흑담액black bile, 흙으로 이 체액들 간에 불균형이 일어나면 사람은 병에 걸린다고 믿었습니다.

이 중에서 흑담액이 많이 분비되면 멜랑콜리아의 상태, 즉 우울하고 침울한 정신적 질환을 지닌 상태가 된다고 믿었습니다. 지금은 '우울증depressive disorder'이라는 질병으로 지칭하지만, 그리스시대에 멜랑콜리아는 우울하고 예민하고 과묵한 사람의 기질을 표현할 때 썼다고 합니다.

그 시대에 멜랑콜리아는 '예민하지 않은 사람과 아둔한 사람은 걸리지 않는 병'이라고 정의했더군요. 그래서 예술가들이나 철학자들 대부분이 멜랑콜리아의 상태인 암울함에 시달렸다고 합니다.

저를 멜랑콜리아로 몰아넣는 것은, 여기에 있는 글들입니다. 아무리 칼끝이 심장을 향하는 마음으로 절박하게 써도 한계를 느낍니다. '죽음' '나이 듦' '사랑'에 대한 글을 쓰기 위해서는 지금보다 더 나이가 들고 좀 더 현명해진다면 좋겠지만, 그때는 그때이고 지금은 지금입니다.

시간이 지나 삶에 대해 좀 더 알게 된다면, 그건 그때에만 의미를 지닌 연유가 될 것입니다. 지금은 맞고 내일은 틀리더라도 저는 지금만 생각하겠습니다. 저는 미래가 아닌 현재를 살고 있으니까요.

나의 생을 하룻밤 꿈처럼 꾼다 해도

길어 봐야 하룻밤 꿈이겠지만, 꿈에서 나의 평생을 미리 살아 볼 수 있다 해도, 산란하기 위해 태어난 해변으로 귀환하는 바다거북처럼 다시 과거로 돌아간다 해도, 나는 지금과 크게 다르지 않은 생을 살 것이다.

의심 많으며 만족을 모르는 나라는 사람은 이대로 계속 나로서 살 수밖에 없을 것임을 알기에, 나는 똑같은 결정과 실수를 반복할 것이다. 나는 경험하지 못하면, 끝내 배울 수 없는 타입이기 때문이다.

나는 그래야 하는 사람이다. 늘 내게는 없는 것을 가진 사람들을 동경하고, 재채기처럼 원한 감정으로 언제나 남들을 시기하고, 내가 이제껏 가 보지 못한 모든 곳을 꿈꿔야 한다.

이런 찌질함이 내 노력의 원동력이고 분투의 불씨이다. 그래야 게으르고 의지가 약한 내가, 더 나은 나로 될 수 있는 것이다. 그렇다고 해서 내가 원했던 모든 것에 도달했던 건 아니지만, 중년이 된 지금에 와 돌이켜 보면 아무것도 안 할 때보다 더 나아진 것은 사실이다.

아는 것은 과거이고, 모르는 것은 미래다. 중요한 건 발터 베냐민Walter Benjamin이 말한 것처럼 지금 이 시간Jetztzeit, 즉 정지된 현재이다. 그리고 제일 신경 쓰이는 것은 중년이 된 지금, 현재를 내가 모두 받아들일 수 있는가 하는 문제이다.

이제 청춘이었던 나를 분명 놓아주어야 한다. 그리고 어른이 되어 버린 나를 받아들여야 한다. 다만 남들보다 조금 더 시간이 필요하다.

인생은 그 누구의 것이든 어떠한 의지에도 상관없이 우리가 원하는 대로 가지 않는다. 그렇기에 인생을 모험이라 하는 것이다. 그렇기에 모든 일은 쓰나미처럼 몰려왔다가 기척도 없이 삶의 밖으로 쓸려 나간다.

떠나야만 했던 사람

나는 철새로 태어났어야 하는지 모른다.

나의 천직은 떠나야만 하는 사람이다. 나는 내가 만든 가족이 없다. 아내도 없고 아이도 없다. 나는 집이 없다. 나의 중력은 다른 사람들의 그것에 비해 약하고 그림자는 흐릿하다.

나는 인간의 생은 둥근 원이라고 생각한다. 어디로 향하든 결국 제자리로 돌아오기 때문이다. 인간의 인생은 지구의 순환하는 자연을 닮았다.

그렇다고 내가 모험가라는 건 아니다.

모험가라면 호기심이 많아야 하고 육체적으로 건강해야 한다. 나의 호기심은 집요하지 않고 체력은 정말 하찮다. 그러나 나는 떠나는 일에 주저하지 않는다.

　나는 미국 대륙을 관통하는 외로운 고속도로를 홀로 달려
봤고, 폭설로 고립된 시베리아에서 겨울을 보내 봤고, 아이
슬란드에서 절망적으로 내리는 화산재를 맞아 봤고, 고원에
서 불길하게 타오르는 노을을 바라봤으며, 아프리카의 사막
에서 은하수를 올려다본 적 있고, 호주 서부의 버려진 땅에
서 캥거루의 발차기로 옆구리를 맞은 적 있으며, 부탄에서
목덜미에 무허가 문신을 받았고, 안나푸르나에서 죽은 사람
과 밤을 보냈고, 파리 뤽상부르공원 앞 카페에서 만난 매춘
부에게 사랑이라고는 없는 정에 대해 배웠고, 인도양 열대의
섬에서 바다거북과 수영했다.

　눈 덮인 북극 숲에서 순록 무리에 둘러싸여 봤고, 핀란드
북쪽에서 빨랫줄에 걸린 엄마의 치맛자락처럼 나부끼는 듯한
오로라를 올려다봤고, 안장이 고장 난 오토바이로 악명 높은
북부 히말라야를 엉덩이가 박살 날 만큼 고생고생해서 넘었
고, 이른 새벽 더럽기로 악명 높은 갠지스강에서 수도자들과
영혼을 씻어 냈고, 시나이산에서 새벽 공기를 붉게 물들이던
일출을 바라봤고, 사해의 블루홀 속 에메랄드빛에 홀려 빨려
들어 가다 호흡을 잃고 구조되었고, 교토 스타벅스에서 일하
던 여자가 내게 보인 친절에 감동해 거의 청혼할 뻔했다.

나는 늘 떠나야 하는 사람이다.

나에게 떠남은 여행 같은 것이 아니라, 이곳에서 더 오래 안전하게 살기 위해 심호흡을 하는 것이다. 떠났다 돌아오면 투지나 안도 같은 것이 생겨서, 삶에 더 집중할 수 있게 된다.

나는 이곳에서 살기 위해 이곳을 떠나야만 하는 운명을 선택했다. 낮은 곳으로 흐르는 시냇물의 기운을 타고났고, 점성술로 보면 토성의 불운한 영향력 아래에서 태어났고, 말띠, 사자자리, 그리고 ENFP이다.

나의 엄마는 돌아가셨지만, 그녀의 꿈은 오토바이로 세상을 여행하는 것이었다. 나의 아버지는 아마추어 여행작가였다. 그는 나보다 더 멀리 더 많이 떠나 본 경험이 있다. 이런 두 분에게 떠남의 유전자를 이어받은 게 확실하기에, 나는 아마 걷기도 전에 이미 신발 끈 매는 법을 알았을 것이다. 그렇기에 나의 떠남은 부모로부터 전달된 성질이며, 운명이다.

노스탤지어

집에 있어도 집에 가고 싶어진다

저는 늘 아픕니다. 태어날 때부터 그랬습니다. 왜 그런지 정확한 병명은 지금도 밝혀지지 않았습니다.

의사들이 말하기를 저의 병명은 '과민성' 혹은 '신경성'이라고 했고, 살아생전 엄마는 모유수유를 하지 못해서 면역력에 문제가 있는 것이라 자책했고, 심지어 무당은 신병이라고 했습니다.

의사가 처방해 주는 약들은 90퍼센트는 안정제이고 나머지 10퍼센트는 소화제입니다. 무당은 부적, 팥 그리고 황토를 집 안 여기저기에 두라고 했습니다. 진정 그것들이 효과 있는지 알 수는 없지만 그래도 시키는 대로 했습니다. 아쉽고 간절한 사람은 뭐라도 해 봐야 하잖아요.

제가 안 아플 때가 있습니다. 그건 집을 떠나 낯선 곳으로 여행하는 때입니다. 그 여정 중에 저는 거의 아프지 않습니다. 그래서 제가 그동안 그렇게 자주 떠났나 봅니다. 안 아프기 위해서 그리고 살기 위해서 말이죠.

'노스탤지어nostalgia'.

노스탤지어라는 발음이 마치 공항 면세점에서 파는 크리스털 병에 담긴 비싼 위스키 이름 같다는 생각이 듭니다. 우리는 향수병鄕愁病이라고도 하고, 영어로는 홈식니스homesickness라고도 하죠. 먼 곳으로 장기간 여행 가거나 해외에 오래 체류할 때면 많은 사람이 걸리는 병이지요.

노스탤지어에는 설사, 두통, 불면증, 구토, 불안 그리고 식욕 저하 등 다양한 증상들이 나타난다고 합니다. 제가 바로 이렇게 아픕니다. 향수병은 현대에 생겨난 병이 아니라, 인류의 역사와 함께해 온 병이라고 합니다.

노스탤지어 = 향수병 = homesickness.

고대 그리스어 노스토스nóstos는 '집으로 돌아가다'라는 의미, 알고스álgos는 '고통, 통증'을 뜻한다고 하네요. 단어 그대로 해석하면 '집으로 돌아가지 못하는 고통'이라는 뜻입니다.

당시 사람들은 노스탤지어를 단순히 꾀병이나 예민한 상태로 여겼습니다. 하지만 이것이 지금처럼 질병으로 분류되기 시작한 건, 17세기에 스위스 용병들이 집을 떠나 싸우는 동안 아픈 병사들의 증상을 기록하기 위해 쓸 때부터였다고 합니다. 당시에는 별다른 치료법이 없었기에 대부분 민간요법에 의지했는데, 그중에는 알프스에서 채취한 소금을 녹여 먹거나 야생초를 차로 우려서 마셨다고 합니다.

삼국시대에도 전쟁을 위해 오랫동안 원정을 갈 때면 이유 없이 아픈 군사들이 많았는데, 그 치료법으로서 병사들에게 고향에서 가지고 온 흙을 물에 풀어 마시게 했고, 러시아에서는 노스탤지어 증상이 있는 사람에게는 자작나무 숲으로 데려가 땅을 파서 하루 동안 그곳에 묻어 뒀다고 합니다.

아무래도 저는 노스탤지어에 걸린 것 같습니다. 그렇다면 집에 있으면 아프지 않아야 하지만, 저는 운명적으로 떠나야 하는 사람이라 그런지 오히려 집에 있으면 가 보지 못한 먼 곳을 그리워하며 몸 여기저기가 아프고 불편합니다. 집이 저에게는 낯선 땅이고 먼 이국의 땅들이 제게는 영혼의 집 같은 존재인지도 모르겠습니다. 그래서 안 아프기 위해 저는 자꾸 떠나고 싶은가 봅니다. 어쩌면 저는 길 한가운데에서 태어나서 그런지도 모르겠습니다.

o

누군가는 내가 노스탤지어의 상태가 아니라 역마살을 지닌 것이라 했다.
아, 그건 생각하지 못했던 부분이지만 충분히 타당한 것 같다.

내가 가는 날

맑은 하늘에서 파란 꽃잎이 떨어져 발목까지 쌓일지도 모른다. 열여섯에 집 나간 아이가 어른이 되어 어느 날 손님처럼 집으로 돌아올지 모른다. 모든 문명이 사라져 먼지밖에 안 남을지도 모른다. 잠정적으로 미뤄 둔 모든 결정들이 운명적으로 마무리될 수도 있다.

달의 그림자가 한낮의 태양을 가릴지도 모른다. 불운으로 충만한 남자는 꼬일 대로 꼬여 버린 자신의 인생을 올바른 궤도로 돌리려고 그날을 자신 인생의 새로운 두 번째 날이라고 다짐하며 지저분해진 머리를 짧게 자를 수도 있다.

여태껏 본 적 없던 엄청난 폭우가 쏟아져 도시의 집, 사람,

그리고 고양이와 개까지 먼 대양으로 쓸려 가게 될지도 모른다. 예전에 출간된 나의 책들이 역주행해서 사람들에게 재발견될지도 모른다. 지구 밖 존재가 밤하늘에서 나타나 인간역사의 비밀에 대해 모두 말해 줄지도 모른다.

사랑했던 여자들의 남편들이 내가 죽었다는 소식을 듣고안도할 수도 있다. 시대정신이 없던 시대에 새 기준이 현재의 체제를 대신할지 모른다. 세상 모든 개들이 한날한시에허공을 보며 짖을지도 모른다.

새 생명이 내 자리를 대신할 것이다. 그리고 그날, 새 시대를 맞이할 것이다. 물론 내가 죽는다고 달라질 건 아무것도없을 것이다. 내가 태어났을 때도 그랬던 것처럼 세상은 여전할 것이고 아무도 나의 안부를 묻지 않을 것이다.

"천재가 아니라면 죽음을"이라고 쓰고 죽었던 사람은 비엔나의 작가 오토 바이닝거Otto Weininger였다. 그는 스스로 죽음으로써 자신이 천재가 아니었다는 걸 증명했다.

그리고 이제는 내가 그걸 하려 한다.

정오에 죽다

운이 좋아서 병에 걸리지 않고, 온전히 죽음을 맞이하게 된다면 나는 그 시간을 어떻게 보낼까?

죽음이라는 말에는 다시는 무슨 일이 일어나지 않고, 앞으로는 그 무엇도 할 수 없다는 단호함이 감춰져 있다. 그날 날씨가 어떨지 모르겠지만, 가능하다면 생명 폭발하는 새 계절이었으면 좋겠다. 여름은 덥고, 겨울은 너무 춥다. 비는 내리지 않았으면 한다. 내 마지막을 정리해 줄 사람들에게 폐를 끼치기 싫다. 가능한 한 볕이 좋은 여느 봄날이었으면 한다.

나는 홀가분할 것이다.

이제까지 그랬던 것처럼 잠에서 깨자마자 시간을 들여 몸을 단장할 것이다. 수염도 꼼꼼하게 깎고, 머리도 깔끔하게 빗고, 몸을 정성 들여 씻고, 몸에 묻은 물기는 내 행운의 면 100퍼센트 비치 타월로 닦아 내고, 속옷도 새것으로 갈아입고, 미리 준비해 둔 검은 셔츠와 검은 슬랙스를 입는다. 양말과 신발은 신지 않을 것이다. 왜냐하면 양말과 신발은 삶에서 속박이며 족쇄이기 때문이다.

소파에 앉기 전, 고심해서 마지막으로 들을 레코드를 골라 조심히 턴테이블에 올려 재생한다. 그리고 주방으로 가서 그날까지 아껴 둔 미국 올림피아에서 로스팅한 원두를 모카 포트로 내릴 것이다. 가스레인지에 물이 끓고 그 증기가 원두를 압축하면 분수처럼 원액이 솟아오르는데, 그것은 언제 봐도 맛있는 장면이니까.

커피를 마시는 것도 좋지만, 개인적으로는 커피를 만들 때 풍기는 원두 향을 맡는 것이 참으로 평화로운 순간이라 생각한다.

커피가 식기를 기다리며 몇 군데에 전화할 것이다. '한국전력공사' '서울도시가스' '서울아리수본부' '국민건강보험' '국민연금공단' 'SKT' 같은 기관에 전화해 납부될 공과금을 모조리 취소시킨다. 그들은 이유를 묻겠지만, 긴 여행을 간다고 둘러댈 것이다. 이제 내가 사라져도 각종 세금과 고지서 때문에 벌어질 귀찮은 일들은 없을 것이다.

커피 잔을 들고 소파로 간다. 음악 소리가 집 안에 퍼진다. 커피를 마시며 음악을 듣고 소파에 기대어 앉아 그동안 주고받은 문자메시지를 다시 읽을 것이다. 일상적 이야기들이지만 그렇기에 더욱 특별하게 느껴지는 대화들을 모두 머릿속에 담고 싶다.

이때를 위해 숨겨 둔 압생트를 꺼내서 마실 것이다. 죽음이 두려워서가 아니다. 평생을 따라다니던 고통과 불안을 마지막까지 느끼고 싶지는 않다. 내 정신이 아니라 육신이 취해 단 한 번이라도 몸이 편한 상태, 안 아픈 상태를 느끼고 싶을 뿐이다.

이제 거의 다 와 간다. 소파에 누워 마지막 쪽잠을 잔다. 죽는 마당에 잠이 웬 말이냐고 할 수도 있지만 죽는 건 잠드는 게 아니다. 살아 있을 때 자는 것과 죽어서 눈감고 누워 있는 것은 엄연히 다르다. 평생 낮잠을 사랑한 내게 이건 빼놓을 수 없는 의식이다. 마지막으로 자는 낮잠이라는 의미만으로 귀하다.

정오가 지나기 전 잠에서 깰 것이다. 그땐 이미 몽롱함도 사라졌겠지만 나는 조금 멍해졌을 것이다. 아마 음악도 끝나 있겠지? 부스스한 상태로 일어나 몇 가지 스트레칭을 하고 나서 집 안을 둘러볼 것이다. 그리고 진짜 마지막이 될 커피를 만든다.

오로라와 모리씨를 모두 소파로 불러들여 함께 누울 것이다. 아이들은 이게 어떤 상황인지 모르겠지만 미리 알려 주고 싶지 않다. 이것이 우리의 마지막이라는 걸. 이미 아이들을 돌봐 줄 사람을 알아봤기 때문에 죄책감은 덜하지만 그래도 함께 보낸 시간이 있기에 울음이 날 수도 있다.

소파에 누워 눈을 감는다. 깊은 호흡을 몇 번 내쉬어 본다. 그리고 천장을 바라보며 한마디 할 것이다.

"이제 가요. 그동안 나눠 주신 모든 것은 감사했습니다."

숨을 꾹 참는다. 그리고 속으로 숫자를 열부터 거꾸로 센다.

10,

9,

8,

7,

6,

5,

참았던 숨을 쉬어 본다. 잊은 게 있다.

아이들의 식사를 챙기는 것, 제멋대로 자라는 화분에 물 주는 것을 깜빡할 뻔했다. 모리씨가 좋아하는 고등어 캔을 주고 오로라가 좋아하는 훈제 오리를 주고 마지막으로 오로라의 건치를 위해 개껌을 챙긴다.

이상하게 한쪽 옆으로만 자라나는 몬스테라를 싱크대로 가져가서 충분히 물을 준다. 모든 것이 끝나면 소파로 가서 마지막 호흡을 하고 가만히 눈을 감는다.

다시 심호흡을 하고 숫자를 센다.

10,

9,

8,

7,

6,

5,

4,

3,

2,

….

.

내가 눈을 너무 오래 감았다 떴나 봐

나는 눈을 감았다.

그러자 세계는 사라지고 사방은 까매졌다. 어둠에서 누군가 내게 다가오는 인기척이 느껴졌다. 눈을 슬그머니 떴을 때 거기에는 그가 서 있었다. 군청색 바지에 청남방을 입은 익숙한 남자가.

'잠들었던 거야?'

'아니. 자고 있던 건 아냐. 그냥 고양이를 보고 있었어. 고양이와 눈이 마주치고 난 후에, 내가 먼저 눈을 깊고 느리게 깜빡였을 때, 고양이도 내 눈을 보고 나처럼 눈을 깜빡인다면, 그건 고양이가 내게 키스를 해 준거라고 해서……'

'그래서 고양이와 키스를 했어?'

'모르겠어. 내가 너무 눈을 오래 감았던 거 같아. 눈을 떠 보니 고양이는 가 버리고 네가 대신 있더라.'

○

고양이와 마주 바라볼 때 고양이가 먼저 눈을 깜빡여 주는 것은, 고양이 눈을 맞춘 사람에게 신뢰의 키스를 해 준 것이라고 한다. 이를 알려 준 사람은 명일동 길고양이들의 대모라고 불리는 동네 슈퍼 사장님이었다. 고양이가 키스를 해 준다는 건, 사랑한다는 의미가 아닌 최대한의 신뢰를 보낸다는 의미라고 한다. 지금까지 내게 이렇게 깊은 신뢰를 보내 준 이는 이 세계에서 모리씨가 유일하다.

기억이 난다면 다시 가 봐야 할 곳

아무리 달려도 끝이 없는 도로, 서쪽 지평선으로 해가 힘겹게 저물며 내 얼굴을 붉게 물들이고 있었다. 잊힌 협곡과 주인 없는 황무지를 끝도 없이 가르는 도로를 온종일 달렸다. 도로 위에는 나 말고 아무도 없었다.

나는 정해 둔 목적지가 없어서 자주 길을 잃었다. 철새의 본능처럼 샌프란시스코가 있는 서쪽으로 달릴 뿐이었다. 해가 지면 운전하기 힘들어지기에 하룻밤 보낼 마을을 찾고 있었다. 만약 쉴 곳을 찾지 못한다면 그날은 도로 위에서 자야 할 판이었다.

어두워지기 바로 전 나는 운 좋게 공터를 발견했다. 그곳은 동과 서, 남과 북으로 갈라지는 교차점이었고, 큰 느티나무가 있었고, 그 밑으로 차를 세우고 쉴 수 있는 공간이 있었다.

자동차 뒷좌석에 슬링백을 덮고 누웠다. 거기서 올려다본 창으로 무수히 많은 별이 보였다. 외딴곳이고 그 어떤 빛도 없었기에 별은 유난히 더 쨍하게 빛났다. 그곳의 밤은 호랑이가 물어 가도 모를 정도로 적막했고 너무 깜깜했다. 그때, 거기서 나는 세상에 홀로 버려진 기분이 들었다. 귀 기울여 봐도 들리는 것은 바람 소리뿐이었다. 나는 그때 내가 무척 행복했고, 그 밤 모든 게 진정 아름답다고 생각했다.

살아오면서 나는 행복하다거나 아름답다고 표현하는 데에 야박했다. 아니 정확히 내가 정말 행복해서 행복하다고 말하는 것인지, 아니면 그런 순간에는 행복해야 하는 것으로 교육받아서 그런 것인지를 확실히 구별할 수 없었다.

나는 내가 어떤 상태인지 스스로 확신할 수 없었다. 하지만 그날 밤에는 내가 진정 행복했고 그 밤이 정말 낭만적이었다고 확실히 증언할 수 있다.

잠에서 깼을 때 몹시 추웠다. 자는 동안 혹시 산소가 부족해질까 봐 창문을 조금 열어 뒀는데, 밤이 깊어질수록 차 안으로 스며드는 찬 공기에 몸서리쳤다. 잠에서 덜 깨어 머리는 여전히 잠들어 있지만, 본능적으로 너무도 추워 가방에서 두꺼운 옷을 꺼내서 몸에 돌돌 말고 있었다. 그래도 찬 기운이 사라지지 않아서 비몽사몽 차 밖으로 나와 조리용 가스스토브에 불을 켜서 쭈그리고 앉아서 불을 쬐었다. 대단히 따뜻하지는 않았지만 그래도 손끝으로부터 온기가 퍼졌다.

사방은 어두운 파란색이었다.

열기가 몸에 닿고 나서야 주위를 둘러볼 여유가 생겼다. 정말 아무것도 없었다. 텅 빈 공간에 나와 차 그리고 느티나무만 있을 뿐이었다. 나는 내가 정말 외진 곳에 있다는 것을 인정할 수밖에 없었다.

만약 여기서 죽게 된다면, 나를 찾는 것은 불가능해 보였다. 설사 기적처럼 나를 찾는다 해도 초라하게 뼈 몇 조각만 발견될 것이 뻔했다. 도시에서 태어나고 평생을 살아온 내게, 이처럼 세상으로부터 고립된 장소는 원초적 공포를 줬다.

내가 죽어서 여기 널부러져 있다는 생각을 하면서, 나는 눈물을 주르륵 흘렸다. 내가 불쌍해서 운 것은 아니었다. 이 세계에 나 없이 남아 있을 아버지와 누나들, 그리고 친구들을 생각하면서 울었다.

죽은 자는 아무 말이 없고 텅 빈 공간을 헤매는 영혼처럼 미련만 남을 것이다. 그리고 나의 부재는 남겨진 자들이 해결해야 할 몫일 것이다.

하지만 정말 죽게 된다면 여기처럼 아무도 찾을 수 없는 곳이면 좋겠다고 생각했다. 나에게는 장례식도, 무덤도 필요 없다. 그리고 사실 나는 죽고 싶은 게 아니다.

그저 모두로부터 부재하고 싶을 뿐이다.

오늘은 손님이 왔으면 좋겠다

내가 잠들어 있는 동안 밤새 비가 내렸나 봅니다.

저는 별생각이 없는 고양이와, 모든 것이 예민한 개와 함께 침대에 게으르게 누워서 빗물에 젖은 창을 바라보며 오늘 같은 날에는 손님이 왔으면 좋겠다고 생각했습니다. 이렇게 생각하는 게 염치없겠지만, 손님이 크리넥스나 스팸, 신선한 꽃 한 다발이라도 챙겨 온다면, 그는 꽤 센스 있는 사람일 것이라 생각해 봤습니다.

현관 벨이 울리면 맨발로 나가 문을 열며, 반가운 얼굴로 "오신다고 해서 기다리고 있었어요. 집이 엉망이죠?" "아니 뭐 이런 걸 사오셨어요!"라고 말하고 손님을 반깁니다. 오로라와 모리씨도 찾아온 손님 주변을 빙글빙글 돌면서 신나서 맞이할 겁니다.

손님의 비에 젖은 우산을 접어서 문 옆에 세워 두고, 손님의 겉옷을 받아 집에 하나밖에 없는 거실 의자에 걸고 거기에 앉으라고 권할 것입니다.

모처럼 손님이 왔으니 테이블 위에 향초를 켜고, 거실 창문에 침대 커버를 반으로 잘라서 만든 커튼을 걷어 그늘진 집 안을 밝힙니다. 서둘러 전기포트에 물을 끓여 두 머그잔에 블랙 티백을 넣고 한참을 우려내면, 향기가 집 안 가득 은근하게 퍼지겠죠.

그리고 어제 사 둔 딸기의 꼭지를 떼서 대접하며, "설탕이 있으면 좋겠지만, 혼자 살다 보니 대충 사네요"라고 쑥스럽게 변명합니다.

손님에게 잠시만 기다리라고 말하고, 사용하지 않아서 먼지 쌓인 턴테이블의 전원을 켜서 클리퍼드 브라운Clifford Brown 과 세라 본Sarah Vaughan이 함께한 음악을 LP로 틀어 주며 "이렇게 안개비가 내리는 날에는 잘 마른 빨래 같은 음악이 어울리더라고요. 혹시 들어 본 적 있으신가요?"라고 물을 것입니다.

손님과 마주 앉아서 우리는 말없이 딸기를 먹고 차를 마시며 그 음악을 들을 것입니다. 그러다 LP의 앞면이 끝나면 뒷

면으로 돌리며 말할 것입니다.

"결국 오셨네요. 오래전부터 기다리고 있었거든요."

손님과 나는 우리 집 거실에서 LP 몇 장을 좀 더 나눠 듣습니다. 그리고 손님은 말할 것입니다. "나눠 주신 음악과 차, 딸기, 고마워요. 하지만 이제는 가 봐야겠습니다. 배웅은 필요 없네요. 당신도 함께 가야 하니까요. 대신 정리를 할 시간을 드릴게요. 아이들과 그리고 이 집과도 작별하세요."

한 치 미련도 없이 나는 우산도 쓰지 않고 손님의 뒤를 따라갑니다. 그렇게 내가 손님을 따라가고, 오로라와 모리씨만이 빈 집에서 하염없이 나를 기다릴 것입니다.

나를 가로지르는 시간

카이로에 온 이후로 몇 주 동안 쳐 있던, 시간의 흐름에 색이 바랜 낡은 커튼을 걷고, 오랜 시간 젖어 부풀어 오른 빡빡한 나무 창문을 여니, 거기 새벽의 파란빛이 더디게 번지고 있었다.

비포장도로에 안개가 가득 끼어 있고, 골목 한쪽 담벼락에서 말과 낙타 들이 조용히 웅크려 잠들어 있는 게 보인다. 이제 막 떠오르는 태양에 안개는 점점 옅어지고 파란 어둠은 더 희미해졌다.

첫 번째 아잔azān, 예배 시각 알림 소리가 나의 숨소리보다 더 크게 들린다. 이렇게 낯선 이방인의 시간에 나를 가로지르는 기분을 느낀다. 일상에서는 느낄 수 없는 감정이다. 반드시 낯선 장소에서의 이른 새벽에만 가능한 일이다. 일상에서 떨어져 나와야 비로소 나를 알게 되는지도 모른다.

기도를 하기도 한다. 소리 내서 책을 읽기도 한다. 행여나 이때 글을 쓸 수 있다면 그것은 정말 훌륭한 징후이다. 그리고 문득 생각나는 사람에게 메시지를 보내기도 한다.

사람들 대부분 잠들어 있을 이른 아침에, 내가 나의 시간을 가로지를 때에, 내가 어떻게 될지, 그리고 오늘은 내가 어떨지를 알게 된다.

그날 새벽 룩소르Luxor에서, 나는 결국 내가 죽지 못할 거라는 것을 알았다. 왜냐하면 내가 죽음으로 아버지와 누나들을 슬프게 하고 싶지 않았고, 내게만 절대적으로 의지하는 모리 씨와 오로라를 생각해야 했기 때문이다. 그것이 내가 죽을 수 없는 이유이다.

나의 죽음에는 거창하고 숭고한 이유 같은 것은 없다. 나에게 죽는다는 것은 간단한 개인적 용무인 것이다.

만약 당신이 당신 자신을 가로지르는 기분을 경험할 수 있다면, 당신이 어떤 사람이며 지금 어떤 처지에 있는지 더 잘 알아차리게 될 것이다.

길에 있던 그 몸

저는 죽은 사람을 만져 본 적이 있습니다.

한 사람의 영혼의 감옥이었던 그 몸뚱이는 오싹할 정도로 아주 차가웠습니다. 아니 그건 차가움이라고 말하는 것보다는 서늘함이라고 표현하는 게 맞을 것입니다. 그리고 참 부자연스럽게 딱딱했습니다.

처음에 그것이 사람일 리 없다고 생각했습니다. 장작이나 벽돌 더미라고 생각했어요. 그래서 거리낌 없이 만질 수 있었는지도 모르겠습니다. 그게 시체였다는 걸 알았다면, 저는 만지지도 못했고 근처에 가지도 않았을 테니까요.

첫 비행기를 타고 안나푸르나에 있는 좀솜Jomsom이라는 도시에 간 적이 있습니다.

좀솜은 큰 대로 하나가 나 있는 작은 산간 마을이지만, 이곳은 히말라야와 무스탕Mustang 사이에 있는 네팔의 주요 군사 거점이고, 안나푸르나산 가장 높은 곳에 있는 유일하게 공항이 있는 마을입니다.

대표적 등산 코스는 포카라Pokhara에서 5일 정도로 산행해서 좀솜까지 와서 여기서 비행기를 타고 다시 포카라로 내려가지만, 체력이 약한 저는 거꾸로 좀솜에서 포카라까지 내려가려고 그곳에 갔습니다. 그냥 생각해 봐도, 걸어서 올라가는 것보다 걸어서 내려가는 것이 아무래도 쉽잖아요. 그래서 작은 마을이지만 좀솜에는 등산객을 상대하는 여관들과 식당들도 많습니다.

이른 아침에 도착해서 그런지 상점들은 모두 닫혀 있었습니다. 저는 마을 중앙에 있는 예약한 숙소로 갔습니다. 하지만 거기도 문은 닫혀 있었습니다. 그래서 문을 열 때까지 숙소 처마 아래에 앉아 있었습니다. 거기서 저는 그 남자, 아니 그 시체를 만났습니다. 뭐라고 불러야 할지 모르겠습니다만, 우선 그 남자라고 하죠.

그 남자는 방수포로 덮여 있었습니다. 그래서 저는 그것이 장작더미라고 생각했는지도 모르겠습니다. 그 남자의 존재도 모른 채 한참을 거기에 앉아 가게가 문을 열 때까지 기다렸습니다. 별생각 없이 그 남자를 덮고 있는 방수포 위에 팔을 걸치기도 하고 몸을 기대기도 했네요. 서늘했고 그저 딱딱했습니다. 아무리 외진 곳이라도 해도 시체가 설마 아무렇지 않게 거리에 있을 거라고, 그 누가 상상이나 할 수 있겠습니까!

그러다 문득 알아차렸습니다. 내가 기대고 있는 게 마냥 장작이나 벽돌 더미 같지는 않더군요. 그래서 방수포 한쪽 끝을 걷어 보니 사람의 창백한 푸른색 맨발이 보이더군요. 정말 깜짝 놀랐습니다. 그때까지만 해도 그 남자가 살아 있고 그저 잠들어 있다고 생각해서, 저는 미안하다고 몇 번이나 말하며 호들갑 떨었지만 반응이 없더군요. 설마설마했는데 자세히 살펴보니 남자는 죽어 있었습니다.

다시 한번 놀라서 괴성을 질렀습니다. 그 소리를 듣고 주인이 문을 열어서 저를 바라보더군요. 너무 놀라서 말이 안나와 경악하는 표정으로 주인을 바라보니, 그는 대충 상황을 알았는지 제게 안으로 들어오라고 했습니다.

너무 놀라서 딸꾹질까지 나오더군요. 주인이 따뜻한 블랙티를 가져다주었습니다. 저는 그 차를 마시지도 못하고 손에 들고 마음을 진정시키려 노력했습니다.

주인이 말했습니다. 그는 이틀 전 산에서 죽은 남자인데, 그의 가족이 올 때까지 기다리고 있다고 하더군요. 여기는 높은 산이라 이런 일이 간혹 일어난다고 했습니다. 돈을 주고 죽은 사람을 옮길 수도 있는데, 현지 사람들에게는 큰돈이라 가족들이 직접 포카라부터 걸어서 시체를 찾으러 오기에 며칠 걸린다고 하더군요.

그 남자는 산꼭대기 마을 한구석에서 가족을 기다리고 있었던 것이었습니다. 이 상황을 이해하고 못 하고는 저의 문제였지, 이 마을에서는 큰 사건이 아니었습니다. 물론 여기서도 죽은 자에 대한 예의나 존중은 있지만, 그것은 내가 사는 세상과 다른 것일 뿐 죽음은 시시때때로 변하는 이 마을의 날씨처럼 그저 묵묵히 받아들여야 하는 운명 같은 것이었습니다.

그다음 날 남자의 가족이 와서 그를 산 아래로 옮겼습니다. 그 남자가 집으로 돌아가려면 며칠을 더 산길에서 보내야 할 것입니다.

저는 죽은 남자를 만졌을 때의 그 서늘함과, 거리에서 방수포에 덮여 자신을 데리러 올 가족을 기다리는 그 남자를, 그리고 천천히 산을 내려가는 그 행렬을 때때로 떠올리고는 합니다.

　그건 익숙한 광경은 아니지만, 한편으로 산 자나 죽은 자에게 결국 돌아갈 곳이 있다는 것은 참으로 다행인 일이라고 생각했습니다.

살고 있다는 것은

나는 굵은 소금 한 알쯤이다. 그런 내가 산다고 해서 이 광막한 바다에는 아무런 영향도 없을 것이다. 나의 존재는 딱 그만큼이다. 내가 사라진다 해도 바다는 파도치고, 매일 새로운 해가 떠오른다. 지구는 자전과 공전을 쉼 없이 하지만 그 위의 나는 전진 없이 제자리에서 꿈틀거릴 뿐이다.

나는 아직 잎도 돋아나지 않았는데 서둘러 피어난 목련일 것이다. 나는 추운 겨울바람을 견뎌 내지만, 정작 봄이 오면 매해 먼저 녹은 땅으로 제일 먼저 떨어지는 것을 반복한다. 한 번도 봄에 피어 본 적이 없다.

나는 당신 발끝에 달린 세상의 빛이 만들어 낸 그림자일 것이다. 지금의 나는 혼자서 만들어지지 않았다. 이 형태를 가지기 위해서 나는 세상과 당신들을 필요로 한다. 그래서 나는 누군가가 필요하다. 늘, 계속.

나의 하루는 채찍으로 바다를 때리는 것과 같다. 나의 하루는 언제나 그 자리에 계속 밀려왔다 쓸려 가는 파도와 다르지 않다. 나의 하루는 누군가가 부르는 메아리 같은 이름 석 자뿐이다. 부모로부터 부여받은 내 이름 안에서 정해진 삶을 살아갈 뿐이다. 나의 하루는 아직 오지 않았지만, 어쩌면 이미 와 있을지도 모르는 운명을 기다리는 것이다.

내게 산다는 것은 태어났기 때문에 살아가는 것이 아니라, 살아가면서 계속 나이 들 타당한 이유를 찾는 것이다. 그래야 나이 든 나를, 내가 너무 미워하지 않을 수 있기 때문이다.

나의 장례식

때때로 떠올린다. 내 장례식은 어떨까?

시대가 변했으니 전승되어 오던 전통을 싹 바꿔야 한다는 말은 아니다. 우리의 장례문화를 존중하지만 내 장례식은 달랐으면 좋겠다. 무지개떡같이 다채로웠던 내 인생처럼 마지막은 나답게 끝내고 싶다.

그래야 사람들은 내가 살았던 방식과 우리가 보낸 시간들이 모두 진심이었다는 것을 알아주고 나를 더 오랫동안 기억해 줄 것이다.

우리가 마지막으로 작별하는 곳은, 병원이나 장례식장이 아닌 내가 거의 모든 시간을 보냈던 '이리카페'였으면 좋겠다.

제사상 대신 카페 구석진 곳에 둥근 탁자와 의자 두 개가
놓여 있길,

증명사진 같은 영정 사진보다 자연스러운 나의 사진 한 장
이 그 위에서 당신들을 반기길,

병풍 대신 창으로 들어오는 햇살이 그 안을 비춰 주길,

늘 즐겨 듣던 푸가지Fugazi 음악이 카페 안을 채우길,

장례식장 향 대신 유칼립투스의 향이 가득해지길,

이른 오후에 우리 엄마 장례식 때처럼 하림 형이 피리를
불어 주고,

한철 형은 어쿠스틱기타로 〈우리는 하늘을 날았다〉를 연
주해 주고,

홈보이는 이매방류 살풀이를 구슬프게 춰 주길,

한경록 형은 맥주 1만 cc를 마셔 주길,

이리카페 바 테이블에서 나란히 앉아서 친구가 된 소연 누
나는 우리가 그렇게 넘고 싶어 하던 닌텐도 스위치 '귀혼' 마
지막 레벨을 클리어해 주길,

흡연자들은 함께 화장실 계단에 앉아 담배를 피워 주길,

누군가는 그동안 내가 저지른 실수나 늘어놓던 농담을 대
작가의 삶처럼 각색해서 말해 주길,

절이나 기도 대신 사람들이 나의 노트북이 놓인 탁자에 앉
아 작은 애도를 해 주길,

평소에 커피 한잔하러 올 때처럼 늘 입던 방식대로 옷을 입고 와 주길,

울어도 그리고 웃어도 좋다. 다만 우리가 늘 여기서 만나 유쾌히 떠들었던 것처럼 수다를 늘어놓길,

설사 모르는 사람이 오더라도 먼저 가서 인사해 주길,

나의 장례식장에 왔다면 우리는 비슷한 사람일 것이다.

마지막으로, 살아가면서 나라는 사람이 있었다는 것을 가끔 기억해 주길.

2부.

죽고 싶다 살고 싶다

죽음은 결코

삶에 의미를 부여하지 못한다.

오히려 죽음은 삶에서

모든 의미를 앗아 간다.

── 장 폴 사르트르Jean-Paul Sartre

나약해진 그 남자를 위하여

매 순간 사람은 죽어 간다. 어떤 식으로든.

"네가 내 근처에 살았으면 좋겠다. 나도 이제 나이가 들었으니. 무슨 일이 있을지 모르잖아."

그가 이제까지 그렇게 말한 적은 없었다. 그는 언제나 서해 바다처럼 잠잠했고 모든 감정을 홀로 가져가려 하는 남자였다. 하지만 그 일 이후 그는 당황했고 조금은 겁먹은 듯 보였다. 혹시 그런 일이 자신에게도 생길지 모른다고 생각한 것 같았다.

그의 친구가 작년 여름에 죽었다. 그 친구는 30년을 그와 한동네에서 살았고 그보다는 네 살 어려서 그를 꼭 형님이라

부르며 챙겼다고 했다. 동네 모임도 같이하고 평소에는 운동도 함께하던 제법 가까운 사이였다.

나도 그의 친구를 본 적이 있다. 술을 대차게 마시고 유머가 있는 남자였다. 그와 친구는 여느 때처럼 함께 당구를 쳤고, 그다음 날 친구가 죽었다고 했다. 아직 죽기에는 많지 않은 나이였고 평소에는 건강했다고 한다. 그의 친구는 하룻밤 만에 이 세계에서 사라져 버렸다.

그 일 이후 그는 자신 또한 갑자기 죽을 수 있다는 것이, 그 누구에게나 일어날 수 있는 비극이 될 수 있음을 실감한 것 같았다. 그동안 그는 사람이 죽는 것은 세상의 이치이고, 자신이 죽는 것에 별 미련이 없다고 말했다.

하지만 정작 가까운 친구가 갑자기 죽은 것에 충격을 받은 것 같았고, 자신 옆에 가까이 다가온 죽음에 거리감을 느꼈을 것이다. 하루아침에 갑자기 죽는다는 것은 그가 이제까지 상상한 적 없는 죽음이었으리라.

그 여름이 가기 전, 그는 내가 그의 집 근처에서 살기를 내심 바랐다. 물론 저 사건 때문이라고 직접적으로 내게 말한 것은 아니었지만, 평소에는 의사 표현을 강력히 하지 않는 그의 성품으로 보아, 아마도 친구의 죽음이 내가 그의 곁으로 가는 일과 관련 있는 것이 분명하다고 생각했다. 하지만 나에게도 내 삶의 영역이 있다.

그동안 나의 근거지에서 만들어 낸 내 생활도 있었기에, 이제는 낯선 장소가 되어 버린 곳으로 생활 근거지를 바로 옮기기에는 무리가 있어서 그의 부탁을 기약 없이 미뤘다. 그렇게 시간을 보내고 있을 때 그에게서 메시지가 왔다.

"열쇠는 세탁실의 검은 우산 안에 있으니, 무슨 일 생기거든 사용해."

이 한 줄에서 이제는 늙어 버린 남자의 두려움이 느껴졌다. 곧 나는 그의 집 근처로 이사했다. 근처에 산다고 해서 매일 함께 식사하거나 그의 집에 자주 찾아가는 것은 아니지만, 매일 전화를 걸어 안부를 묻고 때때로 함께 당구를 친다.

그가 지난해부터 당구를 배우기 시작했기 때문에 나는 그의 상대가 되어 준다. 우리는 흥분이나 승부욕도 없이 오롯이 당구만 친다. 이야기라도 하면 좋을 테지만 그는 귀가 잘 들리지 않는다. 선천적인 것이 아니라 집안 내력으로 늙어감에 따라 서서히 청각을 잃었다. 그래서 그와 대화하려면 보청기를 통해야 한다. 보청기가 있다고 해서 원활히 소통할 수 있는 것도 아니다.

그에게 가능한 한 간결하고 크게 말해야 그가 내 말을 듣고 반응할 수 있다. 그러다 보니 나는 화를 내는 것처럼 소리치고 그는 나를 바라보고 있기에, 다른 사람들이 보면 싸우는 것처럼 보일 수도 있다. 하지만 어쩔 수 없다. 그게 유일한 소통의 방법이니까.

한번은 그에게 예전에는 누구와 당구를 쳤는지에 대해서 물은 적이 있다. 그는 "죽은 그 친구와 쳤다"라고 했다.

나는 또 물었다. "그 친구와 대화는 어떻게 했어요?"

그는 당구공을 수학 공식 보듯 신중하게 처리하고 말했다. "그 친구가 말이 많기는 했는데, (귀가 안 들리니까) 무슨 말을 했는지는 모르지!"

그 말을 듣고 왠지 가슴이 꽉 막히는 울컥함을 느꼈다. 그도 그의 친구도 서로 대화가 잘 통하지 않았어도 함께 시간을 보내는 것만으로, 노년의 적적함을 잠시 미뤄 두었을 것이다. 나는 그에게 친구가 죽어서 슬프냐고 물었다. 그는 대답 대신 자신들의 나이가 언제라도 떠날 수 있는 나이라고 담담하게 말했다. "하루아침에 허망하게 간 게 불쌍하지."

그는 큐대에 초크를 꼼꼼히 묻히며 말했다. "그렇게 죽는 건 아닌 것 같아. 사람이 죽는 건 세상 이치지만, 나는 작별 인사 없이 가고 싶지 않아."

아침마다 나는 그에게 전화를 건다. 그가 묻지 않아도 나는 내가 보낼 하루에 대해 아주 커다란 소리로 통보하듯 말한다. 그는 내 말을 듣고 별달리 반응하지 않고 그저 밥을 잘 챙겨 먹으라고 한다.

오후에는 그가 내게 전화를 걸어 온다. 특별한 용건은 없이 늘 언제 집에 오느냐고 묻기만 한다. 내가 집에 언제 오는지는 그다지 중요하지 않겠지만 그는 늘 궁금해한다. 그리고 아침에는 내가 그에게 전화를 건다.

"아버지, 밤새 안녕하셨어요?"

내가 자꾸 죽고 싶은 건

내가 죽고 싶은 건, 하루가 평생같이 영원처럼 길게 느껴지다가 문득 고개를 돌려 창밖을 보면 어느새 해는 저물어 허무하게 하루가 갔기 때문이다. 아무것도 하지 않았다. 누워만 있었다. 남들이 회사로, 학교로 저마다 일상을 보낼 때 의욕도 없이 집에만 있었다. 이렇게 누워만 있으려면 나는 왜 태어난 것일까?

내가 죽고 싶은 건, 6년 전 잡지 못한 사람 때문이다. 나는 너무 스스로에게 몰두해 있어서 그 사람의 의미를 몰랐고, 여자에게 다섯 살 난 아이가 있다는 게 큰 부담이었다. 이제 와서 아무리 우기고 매달려도 돌아오지 않는다는 걸 알기에,

그 사람을 보내고 한강 하류를 날아가는 철새처럼 한 자리에 머물지 못하고 평생을 떠돌아다닌다.

내가 죽고 싶은 건, 앞날에 대한 기약보다 과거의 기억에 기대기만 해서이다. 지독한 기억조차도 지나고 나면 왜 모두 아름다워지는지 알 수가 없다. 살아가면서 모든 기억은 시베리아에 내리는 눈처럼 쌓여 간다. 매일 그 밑에 깔려 있는 기억을 위로 퍼 올려 곱씹는 나는, 종로의 공원 벤치에 앉아 하루를 꼬박 보내는 노인 같다.

내가 죽고 싶은 건, 거울에 비친 내가 예전 같지 않아서이다. 어색하지만 기뻤던 미소와 생기 있던 표정은 이제 버려진 도시처럼 짓눌린 회색빛으로 물들었다. 늘 입던 옷들이 이제는 더 이상 예전처럼 어울리지 않고, 반세기 전의 옷을 입은 것처럼 어색하다. 그래서 이렇게 구린 나를 사람들에게 보이고 싶지 않다. 나는 내가 어색해졌다.

내가 죽고 싶은 건, 이 정도 글만 쓸 수 있기 때문이다. 글에 거는 기대는 높고 나는 정말 진지한데, 아무것도 모를 때 용맹하게 적던 글이 이제는 비겁해지고 변명만 많아져 문장이 길어졌다. 버릇처럼 남발하는 형용사는 글을 지옥으로 이

끈다. 스스로 확신하지 못해 '그리고' '그렇지만' '그래서' '그러나'와 같은 접속사들로 굳이 설명할 필요도 없는데 나의 의도와 이해를 강요하고 있다.

내가 죽고 싶은 건, 더 이상 기대도 흥분도 없어져 내가 빈 깡통처럼 텅 비어 버렸기 때문이다. 아무리 채워도 꽉 차지 않는 내 심장과 폐는 바람 빠진 풍선 같다. 그렇게 열광하던 하루키도 시시해졌고, 카뮈는 너무 진지해서 답답하다. 이제는 많은 음악도 필요 없다. 그 어떤 새로운 여자도 책도 나를 감동시키지 못한다. 마치 결말을 예견하는 〈거의없다〉와 최광희의 영화 리뷰 같다.

내가 죽고 싶은 건, 엄마가 없어서이다. 그녀가 죽고 나서 나는 그제야 어른이 되었다는 걸 인정해야 했다. 그때까지 그녀는 나의 방파제가 되어 자비라고는 없는 현실을 막아 주었다. 하지만 이제는 절대 봐주는 것 없는 냉정한 현실과 엄마가 부재한 가족이라는 굴레 속에서 나 혼자서 꾸역꾸역 살아간다. 해야만 하는 일은 어떻게든 해내겠지만, 덜 자란 내게 책임, 의무는 아주 무거운 문제이다.

내가 죽고 싶은 건, 살아가면서 배워야 할 것들을 제대로 배우지 못해서 하루하루 살아가는 게 서툴러서이다. 바느질을 못한다. 유튜브로 배워 보려 했지만 그게 잘 되지 않는다. 그래서 단추가 떨어져 나간 옷을 입고 다닌다. 살아가려면 반드시 배워야 하고 능숙해져야 하는 것들이 있는데, 나는 그걸 잘할 마음이 없다. 대신 잘할 수 있는 다른 일이 있다고 믿고 싶지만, 사실 나 별것 아니다.

내가 죽고 싶은 건, 이기적인 놈이라는 말을 들었기 때문이다. 내가 표현하지 못하고 자진해서 말하지 않은 것들이 많다. 사람들은 굳이 말하지 않아도 알아차릴 수 있을 거라 생각했는데 그게 아닌가 보다. 구차하게 변명하고 싶지 않다. 세상에는 슬퍼도 그저 미소 지을 수밖에 없는 사람도 있는 것이다.

내가 죽고 싶은 건, 아직 당신을 만나지 못했기 때문이다. 당신이 있다는 걸 알기에 내 삶을 조금이나마 좋아했고 이 세상에 사는 걸 기대했다. 하지만 만날 때가 된 것 같은데 당신은 어디에 있는지, 우리는 함께할 운명이 아니었을까?

이미 나의 아름다운 시간은 가 버렸는데, 지금 당신을 만난다 해도 그걸 보여 주지 못한다는 것이 슬프다. 왜냐하면 지금의 나는 모래사장으로 밀려와 스스로 죽어 가는 고래 같다. 기대할 희망을 나는 찾을 수 없다.

　내가 죽고 싶은 건, 이미 돌이킬 수 없을 만큼 늙어 버렸기 때문이다. 그렇다고 죽기에는 너무 젊다.

　이렇게 죽고 싶지 않다. 여전히 하고 싶은 일들도 많고, 은근히 기대하는 것도 많다. 하지만 세상은 자꾸 나더러 죽으라는 조용한 권유를 하고 있다. 내가 세상에 잘못한 것은 없다. 잘못이라면 내가 나에게 하고 있다.

　나는 죽어야 할 이유가 많지만, 찾아보면 살아갈 이유도 많을 것이다. 사람들이 모두 특별하게 사는 건 아니라는 것을 안다. 다 비슷비슷한 문제를 가지고 하루를 버티듯 살아가는 것도 알고 있다. 그런 무탈한 일상에서 의미를 찾는 사람이 행복하게 오래 살아갈 것이다.

　하지만 나는 그걸 모르겠다. 내 인생이 사실 따지고 보면 그렇게 나쁘지 않은 것도 사실이다. 누군가는 이런 나를 부러워할 수도 있다. 하지만 나는 내가 쓴 모든 것들, 이뤄 낸 일들을 견고하게 이어 붙인 관계들이, 나의 인생에서 대단한 성과나 자랑, 혹은 목적이라고 생각하지 않는다.

　내가 원하는 건, 나의 삶과 나의 존재가 이 세계에서 살 가치가 있는가 하는 문제이다. 정말 이런 나일지라도, 매 순간 어딘가에서 죽어 가는 사람들을 대신해 살아가도 되는 것일까?

아무래도 살아야겠어

주어진 삶을 소중히 여기는 사람이 있다. 자신만 빛나는 것이 아니라 주변까지 밝히는 사람도 있다. 늘 긍정적인 말들과 세상에 대한 찬사를 입에 달고 사는 사람도 있다. 스스로 불타올라 자신의 가치를 높이는 사람도 있다.

지나간 시간은 모두 좋았고, 앞으로 다가올 시간에 희망찬 기대를 하는 사람도 있다. 공부를 통해 삶을 더 자세히 보려는 사람도 있다. 몸을 극한까지 밀어붙여 아무도 나아가지 못한 곳까지 간 사람도 있다.

사랑과 관용만이 세상을 구할 수 있다고 생각하는 사람도 있다. 아무 대가 없이 자신의 만족을 위해 고난과 가난을 자청하는 사람도 있다. 종교에서 길을 찾으려는 사람도 있다.

그저 존재 자체만으로 아름다운 사람도 있다.

언제까지나 지금 이 상태로 머물 것이라 믿는 사람도 있고, 인간의 한계를 뛰어넘으려는 사람도 있다. 정말 황당할 정도로 부자인 사람도 있고, 믿을 수 없을 정도로 가난한 사람도 있다.

신은 인간이 만든 개념 같은 것이라 운명을 스스로 책임져야 한다고 생각하는 사람도 있다. 지금 시대를 넘어 다음 세대까지 이어 갈 사상을 남기고 싶어 하는 사람도 있다. 자신의 최고의 순간은 아직 오지 않았다고 믿는 사람도 있다.

그런데 대부분은 죽지 못해 살아가거나, 태어난 김에 살아가는 사람들이다. 내가 그렇다. 그리고 당신이 그럴 수도 있다.

내가 아무리 죽음에 대해 말해도 나 스스로는 죽지 못할 것이다. 나는 죽음을 엄마의 죽음과 책으로부터 배웠다. 엄마의 죽음은 현실이었고 책에서의 죽음은 이상적이고 타당했다. 하지만 정작 죽음 앞에서 나는 비겁해질 것이다.

나는 죽는 것보다 늙어 가는 것이 더 두렵다. 만약 내가 고목처럼 늙어 죽는다면, 나는 무엇으로 그걸 견뎌 낼 수 있을까? 그때가 오면 나를 초월한 사유나 철학이 내게 있기를 바랄 뿐이다.

나는 정말 당장 죽을 수 없다.

아버지에게 자식을 먼저 보낸 슬픔을 주기 싫다. 나만 믿고 의지하는 오로라와 모리씨를 돌봐야 한다. 내가 살고 싶은 이유는 사소하고 비겁하다.

유언 혹은 변명

반드시 해야 할 일은 없었고, 꼭 하고 싶은 일도 없었지만, 너무나 바라고 고대하는 일은 있었다. 알고 있다. 그 욕망을 버려야 한다는 걸. 큰 나무를 자르는 도끼로 욕망으로 가득한 마음을 진작 내리쳤어야 했다. 하지만 그러지 못했다.

끝도 없이 변명해야 할 이유를 만들어 내야 했고, 더 이상 갈 마음 없는 나를 억지로 질질 끌고 갔다. 그래야만 나 자신을 덜 원망하고 덜 미워할 수 있을 것만 같았다. 그래도 이루지 못한 그 욕망이란 것 때문에 겨우 여기까지 온 것도 사실이다.

욕망 없이 삶을 온전히 받아들였다면, 나는 한 곳에서 움직이지 않고 적당한 이유만 찾아 그저 그런 권태로운 삶을 살았을 테니까.

코로나로 인해 암울하기만 하던 몇 해 전 봄날, 주방 의자에 앉아 있던 내게 마이앤트메리의 순용이 형은 말했다. "너 스스로를 너무 미워하지 마. 나는 어쨌든 그런 네가 마음에 들어."

그때 열린 창으로 봄바람이 조금 불어왔고, 그의 말은 입 안에 들어온 모리씨 털처럼 혀에 감겼다.

무엇이 문제이고, 무엇이 부족하며, 어떻게 살아야 하는지 잘 알고 있었다. 그래도 그렇게 살지 못했다. 그러지 못한 이유, 이제 와 보니 변명은 수백 가지도 넘었다. 후회하고 있나? 내가 그러지 못해서. 아니다. 나는 그럴 인간이 아니었다. 나는 늘 나다웠다.

내가 꿈꾸고 살아 보고 싶던 모습으로는 거의 다 살아왔던 것 같다. 그래서 지금 남은 건 보잘것없겠지만.

미련 없는 인생이 어디 있을까?

나는 마냥 나쁘지만은 않은 인생을 살았다고 스스로 위로한다.

순간순간 삶의 경이로움을 다 느끼지 못했지만,

좋은 음악으로 세상을 더 아름답게 봤고,

다 먹어서 내 것으로 만들고 싶던 책도 많이 읽었고,

언덕 4000구와 강 1000곳도 가 봤고,

지구의 절반을 차지하는 검은 바다를 건너 봤고,

한 번에 다 안을 수 없을 정도로 많은 사람을 만나 봤고,

우리 시대의 빛과 그림자도 보았고,

달그림자 속에서 당신을 보았고,

예수가 40일을 걸었다던 광야도 가 봤고,

나의 여자들에게 과분한 사랑도 받아 봤고,

집채만 한 빙하가 녹아 쓸려 온 해변을 걸어 봤고,

별생각 없는 고양이와 예민한 개에게 절대적인 신뢰를 받았고,

낙타마저 한 번에 건너지 못할 사막도 건너 봤고,

세상에서 제일 큰 고래와 헤엄도 쳐 봤고,

나의 글로 사람들에게 과분한 애정과 온전한 지지를 받았고,

아무에게도 빚지지 않았고,

나는 내가 영원할 것이라 생각한 적 없고,

겨울 아침 내뱉은 서리 낀 숨처럼 영롱하게 살아왔다.

나는 죽을 것처럼 살아왔고, 살 것처럼 죽을 것이다. 나를 사랑했어도, 나를 미워했어도, 모두 나를 잊어버리기를.

너에게 남긴다

잘 부탁해

이집트의 쿠푸 왕조나 진시황처럼 죽는 마당에 소유했던 것을 모두 짊어지고 가고 싶지 않다. 그렇다고 모두 태울 수도 없는 일이니 내가 소유했던 것을 당신들에게 남기려 한다. 솔직히 별것 없지만 내가 그동안 애착을 가지고 소유하던 것들이다.

사회를 위해 자선단체에 기부하면 좋겠지만, 나의 것을 모르는 사람들에게보다는 친애하는 나의 사람들에게 남기는 편이 더 의미 있게 쓰일 것이므로, 당신들에게 남긴다.

책은 대략 700여 권 정도 될 것이다.

이 중 문학서(소설, 에세이, 평론)는 나의 친구이자 『천국이 내려오다』의 편집자였던 김민경에게 남긴다. 그는 좀 더 문학을 읽어야 한다. 그가 나의 문학 컬렉션을 접한다면 양질의 책을 만드는 데 큰 도움이 될 것이다.

철학과 역사 등을 다룬 인문서는 홈보이에게 남긴다. 늘 자신의 인생에는 철학이 없고 사유가 없다고 고민하던 그에게 꽤 값진 선물이 될 것이다. 읽는 것이 힘들더라도 차근차근 읽어 보고 철학을 통해 사유하는 인간이 되기를 바란다. 그러면 한국 전통무용을 하는 그녀의 앞날에 결정적인 도움이 될 수도 있다.

사진집과 잡지는 사진을 찍는 유경오 형에게 남긴다. 형은 기술적으로 높은 수준에 와 있고 사진에 대한 열정만큼은 유진 스미스W. Eugene Smith를 능가하고도 남는다. 오랫동안 형의 작업을 옆에서 지켜봐 왔다. 나에게 감동을 주던 작가들의 사진집이나 잡지 들을 통해, 형도 새로운 영감을 받아서 죽여주는 작품을 만들기를 바란다.

30년간 모은 CD 8000여 장 중 재즈와 클래식은 상수동 이리카페에, 록과 랩 음반은 콘디스코에, 그리고 훵크funk 앨범은 홍대 1984에 남긴다. 요즘 시대에 CD는 짐에 불과할 수도 있겠지만 내가 가장 사랑했던 카페의 한구석에 그 음악들이 있으면 누가 봐도 참 보기 좋을 것이다.

레코드LP 400장은 여전히 음악을 사랑하고 더 많은 음악을 듣기 원하는 맹선호에게 남긴다. 개중에는 값나가는 앨범들도 있는데 절대 팔지 말고 소장하기를 바란다.

이현정 외숙모에게는 나의 모든 옷과 스카프, 모자를 남긴다. 그녀는 늘 내가 가진 옷이나 액세서리를 가지고 싶어 했으며, 나의 패션 센스를 칭찬했다. 비록 남자 옷이지만 외숙모는 이를 소화할 수 있는 센스를 충분히 가졌기에 미련 없이 남긴다.

아버지에게는 나의 개 오로라를 부탁하고 싶다. 엄마가 돌아가시고 늘 혼자 산으로 공원으로 홀로 걸어 다니는 것이 쓸쓸해 보였다. 오로라라면 아버지와 좋은 친구가 될 수 있을 것이다. 비록 오로라가 예민하긴 하지만 아버지도 예민하기 때문에, 둘이 잘 해 나갈 수 있을 것이라 믿는다.

첫째 누나에게는 내가 살고 있는 집을 넘긴다. 누나는 홍대에 살 이유도 그리고 살 마음도 없을 테니, 우선 만 18세에는 독립해야 하는 보육원 출신 청년들에게 타당한 값에 빌려줬으면 한다. 관리가 어려워지면 누나가 나중에 하고 싶은 일을 하는 데 밑천으로 쓰기를.

둘째 누나와 매형에게는 내 이름으로 든 보험과 주식 그리고 현금을 남긴다. 큰돈은 아니지만 언젠가 요긴하게 쓸 때가 올 것이다.

나의 조카, 율과 태오에게 내가 썼던 책들과 가사들의 저작권을 남긴다. 큰돈은 안 되겠지만, 잘 관리하면 조카 둘의 대학 학비 정도로는 충분할 것이다. 그때가 되면 조카들도 충분히 판단할 수 있을 테니 여섯 번째 책 『우리는 닮아 가거나 사랑하겠지』는 절판시켜 주고, 나머지 책들은 찾는 사람들이 있을 때까지 매년 500권씩 찍어 주기를 바란다.

모리씨는 밴드 마이앤트메리 한진영 형이 돌봐 주기를 바란다. 오랫동안 키웠던 고양이 두 마리가 죽은 후 힘들어하는 진영 형에게 나의 모리씨가 미소와 안정을 되찾아 줄 거라고 확신한다. 형은 선한 사람이기에 모리씨와 충분히 행복하게 지낼 수 있을 거라 믿는다.

정현주 선배에게는 내가 애정을 가진 전동 장비며, 수동 공구 일체를 넘긴다. 그것으로 선배의 '서점리스본'의 자잘한 공사는 손수 할 수 있을 것이다.

내가 정말 좋아하던 스즈키 빅보이250 오토바이는 최다니엘에게 남긴다. 그에게 잘 어울리는 오토바이로 그리 무겁지도 않고 균형도 잡혀 있는 오토바이이기에 안전하게 탈 수 있을 것이다. 그 오토바이로 우리가 언젠가 말로만 떠벌리던 전라남도 투어를 혼자서라도 하기를 바란다.

침대 밑에 있는 필름 사진 3000장과 여행 다니며 모은 전세계 도시들의 지도는 나의 친구 R에게 주고 싶다. 사진은 디지털로 변환하지 말고 가끔씩 봐 줬으면 좋겠다. 내가 찍은 사진이 내 모든 것의 시작이라는 것을 그도 알 것이다. 그리고 지도들에는 내가 발견한 카페며 신기한 상점들, 그리고 나의 친구들의 집이 표시되어 있다. 사는 동안 하나하나 찾아가 보면 내가 사는 동안 무엇을 했고 어떤 풍경을 봤는지 그도 알게 될 것이다.

26년 동안 쓴 메모장 서른여 권은 김현석 기자에게 전해 주기를. 나의 글을 가장 관대하지만 명료하게 평가해 준 사람이었기에 그가 이 메모장을 가졌으면 좋겠다. 혹시 쓸 만한 구절이나 표현이 있다면 그가 앞으로 쓸 글에 인용해 주기를 부탁한다.

마지막으로 노트북과 핸드폰은 내가 결국 함께하고 싶었던 당신에게. 나의 삶의 흔적들, 추한 것이든 최고의 것이든 모든 순간과 생각이 거기에 있다. 그걸 본다면 내가 어떤 사람이었는지를 알게 될 것이다.

o

언제라도 죽음이 찾아올 수 있다는 두려움을 안고 살아가는 나에게, 의미 있었던 물건을 내 사람들에게 남기는 것 자체가 안심이 된다.

우리는 고아가 될 거야

"지금도 엄마가 돌아가셔서 슬프니?"

친구가 물은 적이 있었다. 그의 어머니는 말기암환자로 투병 중이었다. 그는 어머니가 곧 돌아가실지 모른다는 공포에 빠져 있었다. "어머니가 돌아가시면 어떻게 살아갈지 모르겠다"라고 했다.

그만큼 어머니, 아버지는 우리에게 대체 불가능한 존재라서, 그들이 죽어 사라진다는 것은 우리의 울타리, 우리의 파수꾼, 우리의 언덕이 사라지는 상실감과 공포를 가져다준다.

엄마가 돌아가시고 나서 장례식 때는 손님들 챙기느라 정신이 없었어. 자세히 생각할 겨를이 없어, 처음 몇 주는 엄마가 돌아가셨다는 사실이 전혀 실감 나지 않았어. 마치 엄마가 긴 여행을 떠나셨다가 어느 날 돌아오실 것 같은 기분이 들었어.

그러다 문득 일상에서 엄마의 부재가 현실적으로 실감 나는 날이 오는데, 그때의 슬픔과 상실감은 마치 소행성이 지구에 충돌하는 것 같은 타격을 주더라. 온종일 아무것도 할 수 없었고 엄마가 살아 계실 때 내게 했던 모진 말들, 기약 없던 희망의 약속과 다짐, 다시는 만날 수 없다는 아쉬움에 빠져서 비통한 시간을 보냈어.

그런데 사람은 적응의 동물이라고 하잖아. 엄마의 죽음으로부터 오는 부재 역시 어느새 적응해 버리더라. 그렇다고 엄마의 죽음에서 완전히 벗어나지는 못해. 문득문득 떠올라. 엄마와 함께한 모든 시간이.

그건 일부러 생각하려고 해서 떠오르는 것이 아니라 아주 자연스럽게 떠올라. 내가 했던 잘못들이나 서로가 서로에게 했던 모진 말들과 기억은 다 걸러지고, 사소하지만 따뜻한 기억만 남더군.

그리고 이 시간이 지나면 때때로 착각하기도 해. 엄마는 여전히 살아 계시다고, 어느 햇살 좋은 봄날에 엄마에게 문자를 보내고 싶을 때도 있어. 이내 엄마가 안 계시다는 것을 기억해 내지만.

너무 걱정하지 마. 물론 어머니가 돌아가신다는 건 괴롭고 안타까운 일이지만, 그 일은 너에게만 일어나는 것이 아니라, 우리 모두에게 일어나는 일이지. 어머니가 평화롭게 죽음을 맞이할 수 있게 옆에서 잘 지켜 드려.

그렇게 아낌없이 마음을 다해도 어머니가 돌아가시면 너는 큰 상처를 입게 될 거야. 그때 너의 옆에서 너를 위로해 주는 사람들이 있을 거야. 물론 나도 그럴 거고. 너는 너만의 방식으로 어머니를 기억하고 애도할 거야. 시간은 걸리겠지만 너도 언젠가 어머니의 죽음을 온전히 받아들이게 될 날이 올 거야.

그때까지 마음껏 슬퍼하고 울어, 나라 잃은 백성처럼. 그러면서 너는 너의 삶을 계속 살아가는 거야. 돌아가신 어머니의 기억과 함께. 우리 모두는 결국 고아가 될 거야. 우리의 아이들도 고아가 될 거야. 사람은 결국 죽는 존재이니.

나는 지금도 내가 멋진 곳에 가거나, 무언가 맛있는 걸 먹었을 때, 좋은 글을 썼을 때, 지금은 사용하지 않는 엄마의 핸드폰 번호로 문자를 보내고는 한다. 이것이 내가 나의 엄마를 기억하는 방법이다.

아무런 답장은 오지 않는다. 14년째.

강남 서울성모병원 호스피스 병동에서
예루살렘에 이르기까지

나는 특정한 이야기를 하려면 그에 맞는 장소와 날씨가 필요하다. 그러기 위해 이제껏 글을 쓸 때마다 적당한 장소를 찾기 위해 이삼십 대 대부분을 낯선 도시에서 홀로 보냈다.

이번에는 거친 돌로 만들어진 오래된 도시에 가 보고 싶었다. 그런 곳을 찾다 보니 여기 예루살렘까지 오게 되었다.

사막의 모래 먼지 쌓인 오래된 거리와 정치적 분노와 종교적 성령이 깃든 곳, 그리고 자신들만의 신념으로 시작된 전쟁들, 그러다 갑자기 찾아오는 언제 부서져도 이상하지 않을 와인 잔같이 연약한 평화의 중심인 예루살렘에서 글을 쓴다. 이 도시가 가진 수많은 불안정이 내 빈약한 심장을 마사지해서 무엇이든 쓰게 하기를 바랄 뿐이다.

엄마는 말기암으로 호스피스 병동에 입원해 있었다. 호스피스 병동은 치료를 목적으로 하는 곳은 아니다. 완치될 가능성이 없는 환자들에게 최소한의 육체적·정신적 고통을 덜어 주고, 환자와 그 가족들이 안정된 마음으로 죽음을 준비할 수 있게 돕는 곳이다. 나는 엄마의 간호로 그곳에서 3개월을 머문 적이 있다. 그곳은 매일 몇 번씩 죽음을 맞이하는 곳이다. 보호자와 치료자들은 곧 환자의 생명이 사그라들 것이라는 걸 안다. 하지만 환자들은 모른다. 모른다기보다는 기적이나 아직 시간이 더 남아 있어서 본인은 이곳에서 나갈수 있으리라는 믿음을 가지고 있는 것처럼 보인다. 환자들은 이렇게 말한다.

"조금 나아지면 여기서 나가서 애들하고 짧게 여행이라도 다녀와야겠어요."

"집에 가면 열무김치라도 담가야겠어요."

"막내가 다음 달에 결혼하는데 그때까지 머리카락이 좀더 났으면 좋겠네요."

그 말을 지킨 사람은 아무도 없다. 이내 죽었다. '안녕'이라는 인사도 없이 죽어 간다. 나의 엄마도 마찬가지였다. 유언, 그런 것은 없었다. 서서히 생의 불씨가 사그라들듯 죽음을 맞이했다.

나는 생각했다. 죽게 된다면 병원이 아닌 집에서 죽고 싶었다. 물론 삶의 미련이 없겠느냐마는 나는 스스로 죽음을 인식하며 죽고 싶다. 그게 내게는 마지막에 지니게 될 선물 같은 것이 아닐까?

엄마를 떠나보냄으로써 나는 죽음에 몰두하게 되었다. 사람은 어째서 죽을 수밖에 없는지, 어떤 종류의 죽음이 있었는지, 죽으면 남겨진 사람들은 어떻게 되는지, 죽음은 정말 불길한 것인지, 천국과 지옥 혹은 윤회와 같은 것은 정말 있는지, 나는 어떻게 죽음을 받아들일지, 그리고 당신이 죽으면 나는 어떻게 되는 것인지.

죽음은 곁에서 숨죽이며 사람들을 그림자처럼 따라다닌다. 친구들과 카페에서 만나서 이야기할 때, 엄마의 무덤가에서, 비행기를 타고 아주 낯선 곳에 갈 때, 어쩌면 내가 섹스를 하는 침대 위에서도, 그리고 오로라와 모리씨와 함께 누워 있을 때도, 그것은 나와 함께 있다. 나는 죽음과 꽤 친숙해지게 되었다.

죽음을 불길하다고 생각하는 것조차 불경스러울 수도 있다. 죽음은 삶의 다른 단어이고, 삶이 엄마라면 죽음은 아빠일 것이다. 삶이 태양이면 죽음은 달이다. 이렇게 죽음은 우리 삶과 공존한다. 그것은 때를 기다릴 뿐이다. 언젠가 그때가 온다면 죽음은 우리의 영혼을 꽉 잡아채서 끌고 생 저편으로 사라질 것이다.

진정 무섭고 어두운 이야기이다. 언젠가 죽음에 대해 말해보고 싶었다. 그 언젠가가 바로 지금이다. 나는 죽음을 이겨내고 넘어서야 할 대상으로 말하고 싶지 않다. 우리는 모두 죽어야 하는 것이다.

죽음에서 살아 나온 사람은 단 한 명도 없었다. 살아 돌아온 사람이 한 명이라도 있었다면, 우리는 또 다른 준비를 할 수도 있을 테지만 그런 일은 지금까지 일어나지 않았다. 우리는 살아가야 하고 결국 모두 고아가 될 것이고 우리는 모두 죽어야 한다.

그것이 모든 생명의 역사이고 운명이다.

○
호스피스 병동은 환자는 물론 그 가족들에게 좋은 이별을 준비하기 위한 여러 가지 치료 프로그램들을 제공한다.
다만 그때 나는 엄마가 당장 죽을지도 모른다는 사실에 몰두한 나머지, 죽음 그 자체에만 집중하고 있었기에 호스피스 병동의 손길은 거절하고 나를 죽음의 공포 속으로 극단적으로 내몰았었다.
14년이 넘었지만 나는 여전히 호스피스 병동의 치료자들과 봉사자들의 배려와 헌신을 기억한다.

춤을 출 수 있을 때까지만 살고 싶다

요즘 무슨 기분이 들어서인지 〈포레버 영Forever Young〉이라는 노래를 자주 듣고 있습니다. 1984년도에 알파빌Alphaville이라는 독일 밴드가 발표한 노래인데 들어 보셨는지요? 한번 찾아서 들어 보세요. 〈포레버 영〉이라는 제목의 노래는 정말 많으니 꼼꼼하게 찾으셔야 합니다.

무엇보다 멜로디가 좋고 사십여 년이 지난 지금 들어도 전혀 촌스럽지 않고, 21세기에 사는 저에게도 여전히 영감을 주는 불멸의 노래입니다. 사실 알파빌이 음악 역사에 남긴 것은 전혀 없기도 하고, 이 노래는 그저 그런 시대의 유행가인 듯하지만 들어 보면 꽤 마음이 쓰인답니다.

노랫말을 다 이해하는 건 아니지만, 다음 부분이 계속 반복되어서 듣다 보면 저도 모르게 따라 부르게 됩니다.

Forever young, I want to be forever young.

(영원히 젊게, 영원히 젊게 살고 싶어.)

Do you really want to live forever, forever ever?

(너는 정말 영원히 살고 싶어? 영원히?)

저는 이 노래를 장년층을 대상으로 한 백화점의 문화센터에서 소개한 적 있습니다. 일상을 글로 기억하는 방법에 대한 강연이었는데, 강연 중 이 곡을 들려주며 감상을 두어 줄로 써 보시라고 그 자리에서 글쓰기를 청했고, 이어 발표를 부탁했습니다.

그때 스무 명 남짓 있었는데 노래를 트니 모두 진지하게 눈을 감고 감상하고는 다 듣고 나서 글을 썼습니다. 저는 노래 제목이나 밴드 이름도 알리지 않았어요. 노래를 듣고 떠오르는 문장을 자유롭게 쓰시라 청했습니다. 정말 신기한 것은 어르신 대부분이 어린 시절에 대한 글을 썼습니다.

물론 반복되는 "포레버 영forever young"이라는 가사를 이해해서 그럴 수도 있었겠지만 노래의 분위기가 그들에게 어떤 영감을 준 것은 아닐지 믿고 있습니다. 어르신 모두 글을 발표했는데 그중 유난히 화사한 옷을 입고 있었던 육십 대 정도 되어 보이는 여성이 쓴 글을 저는 여전히 기억하고 있습니다.

　나는 100년을 살고 싶지 않습니다.
　나는 춤을 출 수 있을 때까지만 살고 싶습니다.

　어떤가요? 시 같지 않나요?
　저는 절대 이런 글을 쓰지 못할 겁니다.

○

얼마 전 인간의 노화가 질병이라는 최신 의학 기사를 읽었습니다. 지금까지 저는 나이가 들면 몸은 노화되고 그렇게 죽어 가는 것이 인간의 숙명이라고 알고 있었는데, 그게 아니라 늙는 것은 병의 일종이라는 것을 과학적으로 증명했다는 기사 내용을 보고 좀 놀랐습니다.

기사 말미에는 빠르면 십 년 안에 세포의 노화를 예방하고 치료, 나아가 재생할 수 있는 기술이 나올 것이라는 과학자들의 전망이 실려 있었습니다. 참으로 획기적인 소식이 아닌가요? 정말 몇 년 안에 우리는 늙지 않고 한 300세까지 살 수 있을지도 모르겠습니다.

저는 잘 모르겠습니다. 정말로 사람이 늙지 않고 오래 살아도 되는지 말입니다. 태어나면 늙어 가고 결국에 죽는 것이 인간의 인생이라고만 알고 있어서 그런지, 저는 이 기사가 반갑기보다는 징글징글했고 절망적이기까지 했습니다. 인간이 정말 늙지 않고 불멸의 존재가 된다고 해도, 결국 인간은 죽음을 스스로 찾아갈 것이라고요.

왜냐하면 과학으로 불멸을 얻었다 하더라도, 인간에게는 100년이 넘는 시간 동안 살아갈 철학과 신념을 가졌다고 생각하지 않아요. 넉넉잡아 100년을 사는 것은 현재의 인간은 버틸 수 있을 것입니다. 하지만 인간이 그보다 오랜 시간을 버텨 나갈 수 있을까요? 우리는 죽음을 극복할 수 없을 것입니다.

만약 당신이 300년을 살 수 있다면 어떨 것 같나요? 저는 도저히 그 많은 시간을 견딜 수 없을 것입니다. 실제로 살아 보지 않았어도 그것은 알 수 있습니다. 내 몸 그리고 나의 유전자는 분명 내게 신호를 보낼 겁니다.

"이 정도면 충분하지 않아? 그러니 이제 우리 그만 끝내자."

늙어 가는 이 남자를 봐

내가 세상에 대해 무슨 생각을 하느냐고?

원인과 결과에 대해 어떤 의견을 가지고 있느냐고?

어떤 사유를 하느냐고?

삶을 관통하는 철학은 있느냐고?

이 곡을 알려 준 사람을 기억하고 있느냐고?

이 문장은 어디서 읽은 것이냐고?

나를 사랑해 준 사람이 있느냐고?

나는 내게 묻는다.

물론 기억하지만 늙어 가는 마당에 이게 다 무슨 상관일까?!

좋은 시절은 다 갔다.

새로운 가능성과 꿈에 기대기보다 이제는 바로 앞에 있는 일을 잘해야 한다. 그리고 과거에 벌여 둔 일을 처리해야 하는 시절이 온 것이다. 예전처럼 얼렁뚱땅하거나, 슬그머니 포기한다면 이제 세상은 봐주지 않을 것이다.

찰나의 순간에 우리가 늙은이가 되어 버리는 것은 아니다. 차곡차곡 꼼꼼하게 살아왔지만, 한창 나이일 때 우리는 나이가 든 자신의 모습을 상상하기는 어렵다. 그건 너무 먼 이야기처럼 느껴지고 그때 우리의 피는 너무 뜨겁고 눈은 바로 앞만 보고 있기 때문이다.

우리는 그때만 살았다. 마치 영원히 젊을 것처럼. 하지만 어느 순간 알게 될 것이다. 우리가 나이 들었다는 것을. 세상을 보는 시선도 그리고 젊은 세대를 보는 생각도 달라진다. 하지만 이걸 인정해 버리면 자신이 늙어 빠진 것을 인정하게 되기 때문에, 최대한 말을 아끼게 되고 결국에는 입을 다물어 버린다.

사람은 누구나 늙는다. 동안, 체력 관리 이따위는 안 통한다. 인정해야 한다. 늙어 가는 우리 자신을 말이다. 청춘에게는 청춘의 삶이 있었던 것처럼, 늙어 가는 우리에게도 분명 나이 듦의 인생이 있다. 그저 우리 안에 숨죽이고 있는, 늙었지만 담담하고 여전히 용맹한 짐승을 다시 세상 밖으로 풀어 놓아야 한다.

우리는 늙어 가 결국 후세대에게 우리 자리를 물려주겠지만, 그렇다고 우리가 모든 걸 빼앗기는 것은 아니다. 그리고 당장 죽는 것도 아니다.

o

나는 늙어 간다는 것을 꽤 가혹한 일로 여긴다. 모르는 사이에 점점 나이 들고 이 나이 듦은 늙음으로 바뀌는 것을 숙명처럼 받아들여야 한다. 나는 나이 드는 것을 늦추기 위해 노력하지만 점점 변해 가는 몰골과 기억력감퇴, 언어 퇴화는 막아 낼 도리가 없다.

나는 속삭이는 소리를 듣는다. "너는 앞으로 걸어 나아가야 해. 이것이 운명인 거야."

만약 내가 이런 운명을 받아들이지 못한다면, 마지막에는 압생트에 취한 채 끝을 맞이하고 싶다.

나는 왜 그렇게 자꾸 죽으려 했을까

"나는 좆도 아니다I ain't shit.."

저도 모르게 이 말을 입 밖으로 뱉어 낸 곳은 예루살렘의 골고다 언덕길에 있는 아랍의 한 카페에서였습니다. 하품하듯 기침 나오듯 저절로 튀어나온 말이라 그것이 제가 한 말인지 아니면 지나가는 누군가가 한 말인지도 혼란스러울 정도였습니다.

의도하지 않았는데 진심이 밖으로 퍽 쏟아져 나온 것이죠. 굉장한 말실수라도 한 것처럼 기분이 썩 좋지는 않더군요. 그날은 아침부터 상쾌한 날이라 모처럼 기분이 좋았습니다.

저는 그때 젊었습니다.

엄마도 살아 있었고, 그때 아버지는 왼쪽 귀로도 들을 수 있었고, 낯선 곳으로 여행을 자주 떠났고, 좋은 애인도 있었고, 분위기가 좋은 카페가 널린 연남동에 살았고, 책도 제법 팔려서 인기도 있었습니다.

앞날이 기대되는 사람이었고요. 그때는 예뻤던 것 같습니다. 그리고 제 안에서는 꺼지지 않을 불씨 같은 것이 타오르고 있었고요.

이제 그 시간은 가 버렸습니다.

저는 이제 중년이 되었고, 결혼도 안 했고 아이도 없습니다. 대신 머리가 좋지 않은 고양이와 사회성 없는 개와 함께 지내고, 엄마는 돌아가셨고 귀가 잘 들리지 않는 아버지가 있는 명일동에 삽니다. 여전히 글을 쓰고 있지만 신통치는 않고요.

그때와 비교하면 많은 것이 변한 것 같기도 하고, 변한 게 아무것도 없는 것 같은데, 지금 저는 행복하지 않습니다. 삶이 하나도 재미없고요. 앞날이 기대되지도 않네요. 끝도 없이 내리는 함박눈을 맞으며 밤새 서 있는 백석의 흰 당나귀처럼, 그저 시간을 버텨 내고 있을 뿐입니다.

저는 어떡하면 좋을까요?

이대로 살기에는 아직 남은 시간이 많을 텐데, 아무것도 하고 싶지 않습니다. 이대로 다 타 버리고 재가 되고 싶습니다.

돌로 된 테이블에 앉아 시선을 돌려 보니 카페 주인이 날 바라보며 "괜찮으냐?"라고 물었습니다. 대답 대신 밝은 표정을 만들어 보이며 "그 많던 시간은 대체 어디로 갔을까요?"라고 그에게 물었지만, 그건 제게도 던진 질문이었습니다.

3부.

여기서 당신과 살아가기 위해서

인간을 고귀하게 만드는 것은
감각의 강도가 아니라
그것의 지속성이다.

— 프리드리히 빌헬름 니체Friedrich Wilhelm Nietzsche

죽도록 사랑받고 싶어서 나는 신을 팔았다

신은 있다고 하기에, 또 믿지 않을 이유가 없기에, 믿으려고 했었습니다. 솔직히 그 신이라는 존재가 하나님이든 예수나 부처, 알라이든 어떤 식으로 불려도 상관없었지만, 그중에서 저는 하나님을 믿고 싶었습니다. 엄마, 당신도 독실한 신자이셨기에 어릴 때부터 제게 개신교는 익숙한 것이기도 했고요.

무엇보다 제가 좋아하는 당신이 믿고 의지하는 하나님이기 때문에 저도 하나님을 믿고 은총을 받고 싶었습니다. 당신을 따라 주일은 물론 평일 새벽예배에 참석해 보고, 시험공부를 하듯 구약과 신약을 집중해서 소리 내어 읽어 봤고, 매일 밤 기도도 해 봤지만, 저는 당신이 가진 온전한 믿음은 생기지 않더라고요.

당신은 제가 믿음에 대해 의심할 때면 "너도 그분을 만날 거야. 내게 찾아오셨던 것처럼"이라 말씀해 주고는 했습니다. 기다리고 고대했습니다. 그분이 제게 찾아올 그날을.

1. 예루살렘에서

저는 지금 예루살렘에 있습니다.

하나님이 선택하고 그분의 아들인 예수의 땅에 말입니다. 하나님이 제게 오지 않으신다면, 그분을 향한 믿음의 불씨라도 찾아보겠다는 마음으로 저는 여기서 머물고 있습니다. 벌써 19일째입니다.

하루에 두 번, 아침 그리고 해가 저무는 오후, 성경책을 가방에 넣고 예수가 마지막으로 걸었던 골고다Golgotha 언덕과 큰 돌들로 그 누구도 넘보지 못하게 하늘까지 쌓아 올린 벽과 여덟 개의 성문을 따라 걷습니다.

제 작은 순례의 끝은 유대교 무덤가 전망대입니다. 그곳에서는 유대인 몇천에서 몇만 명이 돌무덤 '올드시티old city'를 향하고 있는 것을 볼 수 있습니다. 올드시티 앞에 묻힌 이들은 '심판의날'에 깨어나 먼저 천국에 가기 위해 그곳에 있다고 합니다. 그 전망대에 앉아서 가져온 성경을 말을 걸듯 읽어 봅니다.

그렇게 읽다가 경외감을 느끼게 되면 좋겠지만 솔직히 저는 아무것도 느끼지 못하고, 존 레넌John Lennon의 〈갓God〉노랫말이 계시처럼 떠오릅니다.

"신은 우리의 고통을 재어 보기 위한 한 개념에 지나지 않는다."

당신이 이 사실을 알게 된다면 신에 대한 믿음을 부정당했기에 얼굴을 붉히며, 저를 마귀라고 부를지도 모르겠네요. 가장 신과 가깝다는 도시까지 와서, 왜 이런 생각을 하는지 묻겠지요. 설명할 길은 없습니다. 저 자신도 아리송할 따름입니다. 절대 하나님을 부정하거나 당신의 믿음을 부정하려는 것은 아닙니다. 온전히 저의 의지로 생각해 보는 것입니다.

돌로 만들어진 이 오래된 도시에는 많은 비극적인 사연이 있습니다. 3000년 동안 이 땅을 차지하기 위해 끝도 없는 전쟁을 했고 지금도 전쟁하고 있습니다. 그 와중에 많은 사람들이 이곳을 지키기 위해 목숨을 바쳤습니다. 자신들의 신의 영광과 믿음을, 그리고 그 자신의 신에게 영광을 바치기 위해서 말이죠.

아이러니하게도 예루살렘은 세 종교의 성지입니다. 기독교, 유대교, 이슬람교까지 이 돌무더기 도시와 밀접하게 연결되어 있습니다. 그래서 이곳에는 세 종교를 믿는 사람들이

네 구역(기독교 구역, 유대인 구역, 무슬림 구역, 아르메니아 구역)에서 다양한 문화적 배경을 지닌 채 수 세기 동안 공존해 왔습니다. 물론 네 구역에 벽이나 선이 쳐 있지도 않지만, 대부분 그 자신들의 구역에서 평생을 지냅니다. 단지 종교가 다르다는 이유로 말이죠.

더 난처한 것은 이 세 종교가 믿는 신은 모두 하나님으로부터 시작되었다는 것이죠. 다만 저마다의 선지자, 교리, 경전의 차이가 있지만, 제가 판단하기에는 종교를 굳이 나눠야 할 만큼 대단히 큰 차이는 아닌 것 같습니다.

신에 대한 믿음을 찾으러 지구의 반 바퀴를 날아 이곳에 왔는데, 믿음, 그 비슷한 것도 찾지도 못하고 '인간은 대체 어쩌다 이렇게 되었을까?' 하는 의문만 만났을 뿐입니다. 그래도 하루도 거르지 않고 비가 오나 사막의 작열하는 뜨거움 속에서나 그 길을 걷고 또 걷는 세계 각지에서 온 순례자들을 봅니다. 저는 그들을 보면서 그들의 믿음이 부러웠습니다.

온전히 신에 대한 믿음만을 가지고 많은 돈과 시간을 써서 이 낯선 도시로 와서는, 저는 절대 느끼지 못할 은총 같은 은혜를 느끼는 이들이 부럽습니다.

저는 이제 떠나려고 합니다. 나사렛에도 베들레헴에도 가보고 갈릴리호수도 갔습니다. 아무것도 없었습니다. 제가 그렇게도 찾으려 애썼던 성령이나 신의 흔적은 느끼지 못했습니다.

이제 마지막으로 광야로 가 보려고요. 예수가 40일 동안 고난을 겪으며 악마에게 세 번 유혹을 받았다는 그곳에 말입니다. 저는 40일까지 헤맬 자신은 없어 광야를 스치듯 가겠지만 실제로 어떤 곳인지 보고 싶습니다. 하나님이 허락한다면 예수와 모세가 보았을 풍경과 헤매는 동안 느꼈던 감정을 느낄 수 있다면 좋겠습니다.

이집트로 넘어간다면 다시 예루살렘으로 돌아오기 힘들 것 같더군요. 예루살렘 숙소에서 일하는 사람이 말하기를, 그 길은 정말 멀고 외진 곳이라고 하더군요. 그래서 다시 이스라엘로 돌아오지 않고 수에즈운하를 건너 카이로로 가려고 합니다.

2. 광야에서

저는 지금 광야에 있습니다. 이곳은 철저하게 아무것도 없는 장소입니다. 햇살에 물들어 붉게 보이는 돌산이 솟아 있고 큰 바위들과 건조한 사막바람에 실려 온 먼지로 가득한 땅입니다.

사람과 문명은 흔적조차 없습니다. 다만 광야를 가로지르는 도로가 남쪽에서 북쪽으로 길게 연결되어 있고, 그 도로에는 총을 든 군인들을 태운 군용트럭만이 순찰을 돌 뿐입니다. 완벽하게 고립된 곳으로 당장이라도 하나님이 그곳을 걷고 계실 것만 같은 신비로운 곳이더군요.

여기서 며칠 머물러 보고 싶었지만 도시라 할 만한 곳이 없어서, 저는 카이로로 갑니다. 차창의 밖으로 그 풍경을 모두 기억해 이야기할 수 있다면 좋겠지만, 결론을 말하면 저는 여기 광야에서도 신을 느낄 수 없었습니다. 하긴 제가 원한다고 해서 신의 숨결을 찾을 수 있는 것은 아니잖아요. 그렇게 된다면 그건 기적이겠죠. 그래도 광야까지 왔다는 것이 나에게는 영광이었습니다.

3. 수에즈운하를 건너며(카이로행 미니버스)

자다 깼습니다. 미니버스가 수에즈운하 터널을 통과하기 전에 모든 승객이 내려 보안 검사를 받아야 하거든요. 덜 깬 정신으로 주변을 둘러보니 커다란 검사 구역에 모든 차에서 사람들이 내려 차례대로 검사받고 있었습니다. 기다리는 동안 몹시 추웠습니다. 사막의 밤이라 온도가 급격히 떨어져서 그럴 것입니다. 40분을 기다려 다시 출발할 수 있었습니다.

다시 자려고 차창에 기대었을 때, 저는 뭔가를 어렴풋이 알 것만 같았습니다. 내가 왜 이렇게 믿음에 집착하는지에 관해서 말입니다.

그런 것 같습니다. 어쩌면 하나님보다 당신을 더 사랑하고 싶었기 때문에, 그 믿음이라는 걸 가지고 싶었나 봅니다. 그래서 당신을 만나기 위해 주일을 지키고, 성경 공부에 참석하고 간절히 기도를 한 것은 아니었을까요?

제 믿음에 대한 갈망은 오직 당신을 향해 있었던 것입니다. 그래서 저는 하나님을 보지 않고 당신만 보고 있었나 봅니다. 제게 필요한 건 하나님에 대한 믿음과 은총이 아니라, 당신이 하나님을 사랑하는 것만큼은 아니더라도, 저를 사랑해 주기를 바랐던 것 같습니다. 종교는 단지 당신을 만나기 위한 이유였다는 것이죠.

왜 저는 몰랐을까요?

알면서 그것을 말하면 당신이 저를 더 미워할까 봐 표현하지 못하고, 당신 대신 그렇게 하나님만 찾았나 봅니다.

미니버스에서 쓴 편지는 당신에게 보내지 않을 것입니다. 대신 하나님께 저의 죄를 회개하는 기도를 하겠습니다. 이 비밀은 절대로 당신이 알아서는 안 됩니다. 만약 알게 된다면 다시는 당신을 만나지 못할 테니까. 미안해요. 당신의 하나님을 이용해서.

그리고 하나님 아버지, 그녀에게 사랑받고 싶어서 제가 당신을 팔았습니다. 용서해 주세요. 천벌은 주지 마세요. 부디.

지금 저의 삶은 당신 아들이 고통받으며 헤매던 광야에서처럼, 저도 매일매일 현실에서 헤매고 고통받으며 끝도 없이 저를 의심하고, 스스로를 미워하는 벌을 이미 받고 있거든요. 이런 저를 용서해 주세요. 그리고 그녀를 제게 다시 돌려주세요. 아멘.

나를 죽이겠다는 두 남자

그들의 오해였는지, 아니면 진실과 사실을 그들이 납득하지 못해서 생긴 일인지 나로서는 모를 일이다. 지금까지 살면서 두 남자가 나를 죽이겠다고 공언했다.

첫 번째 살인 예고는 이십 대 때 사귀었다가 헤어진 여자의 새 애인으로부터였다.

무슨 이유에서인지 그들의 관계가 갑자기 끝났는데, 남자는 그 이유를 모두 내 책임으로 돌리고 싶었던 것 같다. 늦은 밤 전화를 걸어 그는 술에 취한 목소리로 내 이름, 사는 동네를 알고 있다며 반드시 죽이러 가겠다고 했다. 나는 그의 말이 헛소리라고 생각했다. 왜냐하면 그는 시드니에서 살았기 때문에 서울에 사는 나와는 너무나 멀리 떨어진 거리에 있었기 때문이었다. 나는 협박에 위축되지 않았고 오히려 "호주에서 나를 죽이러 온다니…… 세기에 남을 대단한 사랑이네요"라고 조롱하기까지 했다.

그가 나를 죽이러 찾아온 건 그 연락이 있고 나서부터 2주 후였다. 명일역에서 어떤 남자가 내 어깨를 살짝 쳤고, 내가 그를 바라보며 그가 그 남자라는 것을 알아차리는 데는 그리 오래 걸리지 않았다.

그는 웃고 있었다. 스물한 살의 생일 케이크에 초를 불기 전에 상기된 표정을 지어 보이고 있었다. 놀랐다. 겁먹었다. 그리고 통화했던 밤 그에게 비아냥댔던 것을 후회했다. 그가 나를 어떻게 죽일지 나는 상상조차 할 수도 없었다. 솔직히 여기까지 왔다는 사실만으로 그놈은 뭐든지 할 놈이었다.

이런 나의 공포의 동요를 표정에서 읽었는지 내게 "정말 그녀를 사랑한다"라고 정중한 목소리로 우월감에 차서 읊조렸다. 그의 살인 예고가 진심이었든 허세에 찬 협박이든 그게 중요한 것이 아니었다. 그가 실제로 호주에서 서울에 있는 나를 찾아온 것만으로 그의 진심은 일단 증명되었으니까.

우리는 플랫폼에 서서 짧게 이야기를 나눴다. 그는 다시는 내가 그녀에게 연락하는 일이 없다면, 아무 일도 일어나지 않을 거라고 당부했고 떠났다. (사실 그것은 명령이나 다름없었다.)

나는 열차가 몇 대 지나갈 때까지 한참을 그 자리에서 덜컹거리는 마음을 달래야 했다. 사랑에 그리고 질투에 눈이 먼 남자는 정말 무섭고 아무도 못 말리는 법이다. 그는 나를 살려 줬다. 나는 그날 객기를 부리지 않았기에 겨우 살아남을 수 있었다.

두 번째로 나를 죽이겠다는 남자는 정말 내가 모르는 사람이었다.

그가 나를 죽이고 싶어 하는 이유는, 내가 그의 글을 훔쳐 갔고 그와 더불어 그의 아름다운 부인까지 유혹해서 그의 삶을 빼앗으려고 한다는 것이었다. 진정 알 수 없는 이야기였다. 책을 발표하고 나면 가끔 이런 종류의 메시지나 소셜미디어의 DM(다이렉트 메시지)을 받기도 한다.

"자신의 표현을 베꼈다"라거나 "왜 자기 여자 친구에게 집적거리냐"라는 유의 메시지는 간간이 받아 보기는 했으나, 이 두 가지 이야기가 합쳐진 메시지를 받는 것은 처음이었고, 그런 이유에서 차로 날 밀어 버리겠다는 협박도 처음이었다.

혹시나 정말 내가 그랬을 수도 있다는 생각에 그의 소셜미디어를 찾아 들어갔지만 별다른 정보는 얻을 수 없었다. 그가 쓴 글이 있는 게시물도 없었고 그의 부인이 있는 사진 또한 없었다.

온통 캠핑 사진에 그의 차로 보이는 커다란 검정 지프차 사진만 확인할 수 있었다. 나는 정말 그의 글을 빼앗지 않았다. 그리고 정말 그의 부인이 누구인지 알지도 못한다. 그렇기에 유혹할 수도 없었다. 무엇보다 나는 최근 코로나19 사태 이후에 여자를 만나지도 못했다.

그는 정신이상의 상태에 있는 사람이거나, 다른 남자와 나를 단순히 착각했을 것이라 생각했다. 그의 메시지에 답장을 보내지 않았다. 가끔은 무대응이 가장 효과적인 대응이기도 하다.

이제까지 누군가를 죽이고 싶은 적은 없었다. 내가 마음이 넓거나 도덕성이 투철해서도 아니다. 내게는 삶에 대한 애착, 다른 사람에 대한 사랑, 원한 감정 그리고 타인에 대한 기대가 별로 없다.

예를 들어 너무 사랑하고 너무 미워하는 것도 삶에 대한 열정이고 몰입인데, 나는 그 열정이 다른 사람들에 비해 약해 빠졌다. 물론 그동안 기억에 남는 연애도 해 봤고 끝이 좋지 않았던 관계들도 있었지만, 그런 결론에 대해 화를 내거나 좌절했던 건 그때뿐이었다. 사람들과의 관계를 통해서는 아무것도 나를 변하게 하지 않았고, 그 관계에서 안타깝다는 생각도 들지 않았다.

결국 일어날 일이었다고 받아들였다. 이미 흐트러진 것은 원래대로 재건할 수 없기에 그때는 그대로 두는 편이 상황을 더는 망치지 않는 것이며, 그때가 되어서야 상황을 온전히 볼 수 있었다.

이미 박살이 난 상태에서 누구의 잘못을 따지는 건 더 이상 의미가 없다. 그저 묻거나 스스로 묻혀 버리는 편이 더 낫다. 나는 아무런 변명도 하지 않았다. 비겁할 정도로 최대한 깔끔하게 사라졌다.

나는 "더 이상 내 것이 아닌 열망들"을 읊는 기형도의 「빈집」과 같은 상황을 반복했다. 아니면 마음과 머리 사이에 서로 연결되어 있어야 할 신경다발 중 몇 개가 절단된 채 태어났을 수도 있다. 그런데 어쩌겠는가? 그리 뜨겁지도 차갑지도 않은 미지근한 나는 지금까지 이렇게 살아남아 온 것을…….

중요한 것은 나를 죽이겠다는 남자들은 나를 죽이지 않았고 덕분에 나는 아직 살아 있다는 것이다.

시뮬레이션 러브

그녀는 내 머리카락을 잡아당기며 물었다.

"너는 실제로 존재하니? 너는 정말 너니? 우리가 함께 보낸 시간, 우리가 함께 본 것, 우리가 함께 느낀 것, 그리고 어젯밤 우리가 들었던 노래들이 이미 저 위에 누군가가 그러라고 미리 만들어 둔 건 아닐까? 만약 그랬다면 넌 어떨 것 같아?"

나는 잠에서 덜 깬 눈으로 그녀를 바라봤다. "무슨 말이야?"

그녀는 베게 옆의 핸드폰을 찾으러 더듬거리며 말했다. "너도 들어 본 적 있어? 시뮬레이션 가설simulation hypothesis. 다중우주론. 우리가 살고 있는 이 세상이 영화 〈매트릭스〉처럼 우리보다 발전한 존재가 이 세상을 프로그램인 가상 세계로 만들었다는 이론이야. 흥미롭지 않아? 넌 그런 생각을 해 본 적 있어?"

나는 알 수가 없었다. 이 여자가 지금 내게 무슨 말을 하고 있는지 말이다. 뜬금없이 아침부터 왜 나한테 이런 말을 하는지 의도를 알 수가 없었다. 나는 그녀에게 "모닝커피 마시러 가지 않을래?"라고 물었고, 우리는 아직 해가 뜨지 않은 이른 새벽에 서교동에서 유일하게 24시간 운영하는 카페 '가비애'로 갔다.

내가 창을 바라보는 자리에 앉아서 커피를 마시며 졸음을 쫓고 있을 때, 그녀는 내게 이어폰의 왼쪽과 스마트폰을 내밀며 말했다. "이거 봐 봐. 아까 내가 말한 시뮬레이션 가설에 관한 영상이야."

솔직히 나는 관심도 없고 귀찮았지만 어쩔 수 없이 그녀와 함께 영상을 봤다. 우선 일론 머스크가 나와서 우리가 살고 있는 세계와 우리의 존재가 시뮬레이션이 아닐 확률이 0.00001퍼센트라고 말하고 있었고, 이어서 칼 세이건의 제자 천체물리학자 닐 디그래스 타이슨Neil deGrasse Tyson이 그 확률이 50:50일 것이라고 말하면서 그 증거로 양자역학의 관측이야말로 그 증거 중 하나라고 했다. 현재의 기술과 양자물리학의 발전 속도로 본다면 시뮬레이션 가설은 허황된 공상이라고 생각할 수만은 없다는 내용이 장황하게 필요 이상으로 꼼꼼히 설명되어 있는 영상이었다.

영상을 다 보고 나는 그녀에게 말했다. "넌 이걸 믿는다는 거지?"

그녀는 나를 바라보며 "이건 믿고 안 믿고의 문제가 아니야. 최신 과학이라고! 세계 7대 불가사의나 미스터리, 음모론 같은 게 아니라는 거지. 대단하지 않아?"라고 말했다.

솔직히 영상을 보긴 했으나 그 시뮬레이션 가설에 대해 나는 대부분을 이해하지 못했다. 아니 이해했다고 하더라도 '그래서 어쩌라고?' 하는 심정이었다. 이 세상이 프로그래밍된 가상이든 신이 만들었든 아니면 진화로 이루어진 것이라 해도 나는 아무래도 좋았다. 어차피 세계에 존재하는 내가 시시하다고 생각하니까.

그렇게 생각했지만 그래도 그것에 온 관심을 쏟고 있는 그녀에게 맞장구쳐 주려고 물었다. "정말 너와 나 그리고 이 세상에 있는 모든 것이 가상이라면 허무하긴 하겠다. 아무리 고민을 해도 결국 결과는 정해져 있고 우리의 미래도 정해져 있는 거니까. 인간의 자유의지도 결국 아니라는 말이니까. 그럼 우리가 살 필요가 있을까? 아니 내가 죽어 버려도 그것

역시 이미 누군가가 정해 둔 거겠지. 앞으로 우리는 어떻게 해야 해?"

"그래서 내가 생각해 봤는데, 들어 볼래?"라고 그녀는 물었고, 나는 고개를 끄덕였다.

"릴스로 한 영상을 본 적 있는데, 시골에 할머니가 임신해 배가 많이 부른 길고양이를 집으로 데려가서 안전하게 새끼를 낳을 수 있도록 돌봐 줬고, 모든 새끼들이 무사히 건강하게 태어났어. 그 후 할머니가 밭에 나갈 때마다 고양이 가족들이 할머니를 졸졸 따라다니며 풀숲에 있는 뱀이 할머니를 물지 않게 사방에서 지키고 있는 걸 본 적이 있어.

그걸 보면서 나는 그럼 이것도 누가 이미 만들어 둔 거라는 말이야? 하는 생각이 들더라. 그러면서 한편으로 할머니와 그 고양이 가족의 관계까지 시뮬레이션이 되어 있는 거라면 그걸 프로그래밍한 존재는 우리 인간보다 더 인간적인 게 아닐까?

이런 귀여움과 사랑스러움을 프로그래밍할 감정을 지닌 존재가, 이 세계의 시뮬레이션에 관여했다면 나는 이 안에 갇혀 있어도 좋을 것 같아. 그렇지 않아?"

나는 고개를 끄덕여 동의했다. 그녀의 말처럼 정말 그렇다면 나도 불만은 없을 것 같았다.

팔짱을 끼고 집으로 돌아오면서 나는 그녀에게 말했다. "저 위의 누군가가 너와 내가 버프나 오류 없이 오랫동안 함께 있도록 프로그래밍해 놓았으면 좋겠다."

그녀는 이 말에 기분이 좋았는지 내 팔을 꽉 잡고 내게 기대었다. 마치 저 위에 있는 누군가가 그렇게 하라고 프로그래밍한 것처럼.

그 염소를 샀다면 당신에게 줬을 것입니다

예루살렘의 염소

여기 온 이후로 머리가 맑지 않네요.

생각들이 다발적으로 떠오르는 것이 아니라 이른 아침 통일로를 뒤덮은 짙은 안개처럼 온통 머리 안에 뿌연 안개가 껴 있어 어떤 것에도 집중할 수가 없습니다. 어쩌면 내가 예전보다 나이가 들어서 글을 쓰는 데 좀 더 조심스러운지도 모르겠어요. 예전에는 글을 쓰면 아홉 시간도 넘게 한자리에 앉아서, 고심해서 근사한 이야기를 써낼 수 있었는데 이제 그런 시절은 저 산 넘고 바다 건너 다른 차원으로 떠나 버렸나 봅니다.

예루살렘에 머문 지 오늘로 2주가 되었습니다. 2주면 짧은 것 같지만 날짜로 따져 보면 14일이고, 시간으로 계산하면 336시간이지요. 정량이 정해진 인생에서 무시하지 못할 시간입니다.

이곳에 오면 제가 그렇게 쓰고 싶어 하던 '늙음을 받아들이는 것'과 '죽음'에 대해서 잘 설명할 수 있을 것 같았는데, 336시간을 지내 보니 제가 보기에 이곳은 이 주제와 썩 어울리는 도시는 아닌 것 같습니다. 그저 사막에 돌로 지어진 오래된 도시일 뿐입니다.

제가 상상했던 신의 의지와 의도, 신에 대한 인간의 간절함도 없고, 그냥 발전해서 점점 부풀어 오르는 다른 도시들과 비슷합니다. 제가 너무 성스럽고 특별한 것을 기대했었나 봐요. 하긴 와 보지 않았다면 이걸 어떻게 알 수 있겠어요? 결국 알기 위해서는 그만한 대가를 지불해야 하는 것이 이치인가 봅니다.

그래도 예루살렘은 신성한 도시이긴 합니다.

여기 사람들은 종교를 떠나 친절하고 선합니다. 다만 의도를 파악할 수 없는 패션은 전혀 이해되지 않습니다. 정말 옷을 못 입는 것 같아요. 당신도 여기 와 보면 제 말에 동의하게 될걸요. 아니, 어쩌면 개성이라고 할 수 있는데 제 시선이 너무 한국에 맞춰져 있어서 이곳 사람들의 개성을 이해하지 못하는지도 모르겠습니다.

아무튼 제 스타일은 아닙니다. 그래서일까요? 제가 판단하기에 이 도시에서 제가 옷을 가장 잘 입는 사람이 아닐까라는 생각이 들 정도입니다.

유대인 거주지역을 걷는데, 까만 양복을 입고 중절모를 쓴 전형적인 모습을 한 유대인 아저씨가 유화로 그린 염소 그림을 팔고 있는 걸 봤습니다. 그를 지나가려는데 그가 제게 염소를 좋아하느냐고 묻더군요. 저는 염소에 대해서 생각해 본적이 없다고 했습니다.

그는 단호하게 염소는 유대인들에게 신성한 동물이라고 말하더군요. 그리고 제게는 특별히 그 그림을 싸게 팔겠다고 하더군요. 저는 그렇게 큰 그림은 살 수 없다고 했어요. 그림이 거의 전신 거울 정도로 큰 크기였거든요. 그런데도 그는 염소는 신성한 동물이라 반드시 제가 사야 한다고 우기더군요.

순간 '이놈이 미쳤나?'라는 생각을 했지만 말을 더 섞으면 골치 아파질 것 같아 최대한 예의 있게 고맙지만 이만 가 봐야겠다고 했습니다.

그는 제가 그림을 사지 않은 것이 일생일대의 대단한 기회를 놓친 것처럼, 무척 안타까운 표정을 지으며 생각이 바뀌면 오라고 하더군요.

그때는 별생각이 없었는데, 당신도 아시겠지만 제가 여기저기 여행을 제법 다녀 봤잖아요. 그러다 보니 진짜 별의별 사람을 만납니다. 그중에는 여행객에게 필사적으로 뭔가 팔려고 하는 사람들이 있는데, 그동안 제가 얼마나 그런 사람들을 많이 봤겠습니까. 그렇기에 그와 염소 그림에 관해서는 금세 잊었습니다. 그런데 이상한 일이 일어났어요!

이틀인가 사흘인가 지나고 나니 그 염소 그림이 자꾸 떠오르는 것입니다. 자세히 생각나는 것은 아니지만 어렴풋이 검은 귀를 지닌 염소가 눈앞에 어른거리더군요. 마치 그 염소가 제게 어떤 메시지를 보내고 있다는 생각이 들었습니다.

그 이후 그 아저씨는 볼 수가 없었습니다. 만약 그가 신이었는데, 장사하는 사람으로 나타나 제게 다시는 없을 기회나 기적을 주려 했으면 어쩌지? 하는 조바심이 들었습니다. 예루살렘에 머무는 동안 그를 찾아봤지만 결국 만나지 못했고 저는 기분이 영 찜찜했습니다.

다시 그를 만나게 된다면 그 염소 그림을 사고 싶습니다. 그림이 엄청 커서 한국에 어떻게 들고 가야 할지 모르겠지만, 퍼즐 조각 1000개쯤을 내서라도 반드시 그걸 가지고 가서 당신에게 보여 주고 싶습니다.

살다 보면 별일이 다 생깁니다. 그런 일들에 대해 의미를 부여하고 집착한다면, 사는 게 의문투성이에 복잡해지겠죠? 그렇지 않아도 신경 쓸 일이 많은 세상이잖아요. 저도 이쯤에서 염소 이야기는 그만하고 글에 집중해야겠습니다. 당신을 감동시킬 문장을 보여 줄 수 있기를 바랍니다.

아무래도 염소 그림을 샀다면……
기적이 일어났을까요?

서남해의 아름다운 섬, 도초도에서

카페 꽃떠움

제가 머무는 이 섬의 이름은 도초도입니다. 목포에서 쾌속정을 타면 60분이 걸리는 곳이죠. 도초도는 작은 섬은 아닙니다. 인구가 2800명 정도 살고 있고 편의점도 치킨집도 하나로마트도 있고 카페도 다섯 군데나 있습니다. 다만 그 흔하디 흔한 스타벅스나 올리브영, 다이소는 없는 것이 아쉽네요.

분명 다른 중소 도시들에 비해 외지기는 했지만 그렇다고 제가 지내는 데는 큰 불편함은 없습니다. 무엇보다 섬치고는 바람도 강하게 불지는 않습니다. 아마 대한민국 본토의 서남부에 있어서 서울보다 기온이 높아요. 추위에 약한 제게는 아주 적당한 온도와 습도를 유지하는 곳입니다.

제가 이 섬에 들어 온 특별한 이유는 솔직히 없습니다. 예전에 지역 강연을 하면서 알게 되었던 사람이 이곳에서 꼭 한번 겨울을 보내 보라고 권했던 것이 생각났거든요. 그렇기에 큰 고민 없이 섬에서 한 달을 지내 볼 예정으로 왔습니다. 살면서 '도초도'라는 이름도 한 번도 들어 본 적 없었어요. 아마 저는 명일동 집만 아니면 어디든 괜찮았습니다.

예전 같았다면 내 업보의 무게 같은 큰 가방을 짊어지고 비행기를 타고 떠났을 테지만, 그런 여행이 언제부터인가 지겨워졌고 부담스러워졌습니다. (심지어 저는 여행작가인데도 말이죠!) 하지만 정말 떠나고 돌아오는 일에 지쳐 버렸습니다. 짐 검사와 출입국심사, 비행기를 타고 환승하는 것도, 모르는 사람들과 사귀고 낯선 천장 아래에서 일어나고, 발음하기도 힘든 도시에서 몇 주고 몇 달이고의 시간을 혼자 보내는 일은 이제 더 이상 하고 싶지 않더라고요. 아니, 이 정도면 충분한 것 같았습니다. 제게 주어진 여행의 정량을 채웠나 봅니다. 불과 얼마 전까지만 해도 세상에서 제일 좋았던 것이 여행이 주는 그런 낯섦이었는데 말이죠. 진짜 제가 나이가 들긴 들었나 봅니다.

서울에서 이곳까지 운전해서 오려면 족히 반나절은 걸립니다. 우선 목포까지 와야 하고 거기서 여객선에 차를 싣고 한 시간 반이나 더 와야 하지만, 그래도 여기는 당신과 같은 하늘 아래이고 시차도 없으며 계절도 같으니 비행기를 타고 국경을 넘는 것보다 심리적 거리는 멀지 않습니다.

겨우 이틀째라 이곳이 어떤지 무어라 할 말이 없네요. 그러나 이건 확실히 말해 줄 수 있습니다. 도초도는 별로 안 춥습니다.

죽으려는 건 아닙니다

스물세 시간을 잤습니다. 어디가 아픈 것도 아니고, 그렇다고 기력이 다 소진될 만큼 피곤했던 것도 아니었죠. 다만 아무 생각도 하고 싶지 않아 정신 줄을 놓고 잤을 뿐이었습니다.

간혹 그럴 때가 있습니다. 생각이라는 것 자체를 하기도 싫고, 나쁜 소식을 전해 들었을 때, 옛 기억이 머릿속에 가득 차서 아무것도 하지 못할 때 겨울잠을 자는 곰처럼 꽤 긴 잠을 자곤 합니다. 화장실도 가지 않고 식사도 하지 않고 자고 또 자다 일어나면 며칠이 가 버리죠.

그렇게 자다 일어나면 모든 생각은 제 몸 어딘가로 숨어버리고 온몸이 텅 비워지고, 머리에도 손발에도 힘이 들어가지 않아 다시 세상의 중력이 작용하기 전까지는 문어처럼 흐느적거리는 상태가 됩니다.

오늘도 그런 날입니다. 손과 발은 덜덜 떨리고 발걸음에는 힘이 하나도 없었습니다. 거울을 봤다면 분명 죽어 있다 막 깨어난 사람처럼 얼빠진 표정을 하고 있었을 겁니다.

타오르는 불을 보고 싶었습니다.

불이 타오르면서 퍼져 나오는 열기와 장작이 타들어 가며 딱딱거리는 소리를 들으면 정신을 차릴 수 있을 것만 같았거든요. 그때 제게는 모닥불을 피울 것이 하나도 없었지만, 숙소 앞에는 아무도 찾지 않는 텅 빈 바닷가가 있으니 거기서 불을 피우면 되겠다고 생각했습니다. 그전에 장작과 불을 피울 화로 같은 것이 필요하다고 생각했습니다. (그 정신없는 와중에도 모래사장 바닥에서 불을 피우는 민폐를 끼치고 싶지는 않았습니다.) 운전을 해서 섬에 하나밖에 없는 철물점으로 찾아갔습니다. 거기에는 불을 피울 재료를 팔 것 같았거든요.

최대한 제정신인 것처럼 보이기 위해 눈에 힘을 주고 집중해서 주인아저씨에게 불을 피울 만한 것이 있느냐고 물었습니다. 그는 저를 쓱 훑어보며 "비가 내리는데……"라고 말하면서 손바닥보다 조금 큰 바비큐용 화로를 안쪽에서 찾아다 주었습니다.

"나무 같은 건 없나요?"라고 물으니 아저씨는 그런 것은 없다고 했습니다. 저는 가게 안을 둘러보다 번개탄이 보여 두 장을 골라 값을 치렀습니다. 그가 "외지인이오?"라고 물어서 저는 그렇다고 했습니다. 아저씨는 저를 뚫어져라 쳐다보며 "절대 안에서는 안 돼요. 불나!"라고 말했습니다. 저는 불은 바닷가에서 지필 것이라 했고 다시 한번 아저씨는 "비가 내리는데……"라는 말을 되풀이했습니다.

나무를 구하고 싶었지만 도저히 어디서 구해야 하는지도 모르겠고, 기운이 없어서 포기하고 숙소로 돌아왔습니다. '바닷가 근처에 쓸려 온 나무조각이라도 있겠지. 없으면 쓰레기라도 태우자' 하고 생각했습니다. 비는 많은 양은 아니었지만 여전히 내리고 있었습니다.

숙소에서 태울 만한 것을 찾다가 읽으려고 가져온 카뮈와 사강 그리고 예전에 쓴 제 소설을 챙겼습니다. (그것들을 불로 태워 없앨 만큼 지독한 건 아닙니다. 다만 책은 잘 탈 것 같아서 그랬을 뿐이라는 것을 밝혀 둡니다.)

숙소에서 걸어서 오 분 거리에 있는 시목해변에 작은 화로를 설치하고, 그 위에 카뮈의 책을 태웠지만 제가 상상했던 것만큼 불은 활활 타오르지 않고 금방 꺼지더군요. 그래서 번개탄에 공들여 불을 붙여서 다시 표지만 탄 카뮈의 『전락』
을 그 위에 올려 두니 제법 잘 타더군요. 간간이 떨어지는 빗
방울을 맞으며 그렇게 저는 불을 피웠습니다.

미약하기는 했지만 따사로운 열기가 몸에 전해졌습니다.
카뮈가 거의 다 타자 이어서 사강의 책을 반으로 찢어서 화
로에 넣었더니 불은 더 크게 솟아올랐습니다. 활활 타오르는
불의 열기가 전해질수록 저는 다시 원래의 현실로 돌아오는
느낌을 받았습니다.

경찰이 도착한 건 제 소설책에 반쯤 불이 붙었을 즈음이었
습니다. 뒤에서 사이렌 소리가 갑자기 들려 놀라서 뒤를 바
라보니 경찰관 두 사람이 순찰차에서 내려 제게 다가오고 있
었습니다. 저는 그들을 가만히 바라봤고 그들은 저를 보며
뭐 하느냐고 물었습니다. 저는 그저 불을 피우고 있다고 말
했습니다. 그들은 저를 빤히 바라보며 신고가 들어왔다고 했
습니다. "여기서 불을 피우면 안 되나요?"라고 물으니 안 된
다고 하면서 저에 대해서 이것저것 묻기 시작했습니다. 결국
신원 조회까지 마치고 나서야 경찰들은 말했습니다.

"젊은 외지인이 자살할 것 같다"라는 신고가 들어와 출동
했다며 그제야 밝히더군요. 저는 그럴 생각이 없고 그저 불
을 피우고 싶었다고 설명해야 했습니다. 물론 스무남은 시간

을 자고 나서 정신을 차리려고 불을 피우고 싶었다는 말을 하기에는 너무도 비현실적이어서 경찰들이 이해하기 어려울 것 같아 말하지는 않았습니다.

경찰들은 아무리 바닷가라도 불을 피우면 안 된다고 말하며 제게 "정말 괜찮아요?"라고 물었습니다. 저는 진짜 괜찮고 아무 문제가 없다고 말하며, 작게 미소 지어 보였습니다. 그제야 마음이 놓였는지 적당히 하고 들어가라고 했습니다. 저는 이제 태울 것도 없다고 했습니다. 경찰들과 저는 말없이 책이 타오르는 걸 함께 바라봤습니다.

저는 "장작을 파는 곳이 없어서, 태울 게 없어서 가지고 온 책이라도 태우는 거예요"라는 변명을 했습니다. 책이 다 타고 나서야 그들은 모래로 남아 있는 불씨를 덮고 이제 그만 들어가라고 말하더군요. 저도 모르게 "고맙습니다"라는 말이 나왔습니다. 그들은 다시 저를 바라보며 "도움이 필요하면 전화하세요"라고 말했습니다.

그때도 비는 우리 세 사람 머리 위로 천천히 내리고 있었고 순찰차의 헤드라이트가 까만 바닷가에서 우리를 비추고 있었습니다.

신고를 한 사람은 아마 철물점 주인이었을 것입니다. 그는 이제까지 도초도에 살아오면서 스물세 시간을 자고 일어나 불을 피우겠다며 번개탄을 사 간 남자를 본 적 없었을 테니, 오해할 만하지요.

어쨌든 고맙습니다.
죽으려고 한 것은 아니지만 저를 살려 주려고 하셔서.

먼바다에서 쓸려 오고 쓸려 나갈 것

바다를 좋아하는 건 아닙니다.

바다는 그저 막막할 뿐이죠. 바다를 보기 위해 애써 찾아
간 적도 없습니다. 그렇지만 이 섬, 도초도에 머물면서는 자
연스럽게 바다를 매일 보게 됩니다. 작은 섬이기에 어딜 가
든 바다가 하늘만큼 자주 시선에 걸리거든요. 사람들은 바다
를 보면 답답한 마음이 뻥 뚫리거나, 복잡한 머리가 개운해
진다고 하지만 저는 그런 건 전혀 느끼지 못합니다. 그저 망
망대해를 마주하면 속이 떨립니다. 그 떨림은 아마도 크기에
대한 두려움 때문일 겁니다.

크기에, 공간감에 그리고 지구 자체의 응축된 에너지가 느
껴져 저는 바다를 보면 불안해집니다. 바다는 제가 어찌할

도리가 없는 존재이거든요. 저는 이런 사람이지만 때때로 해변을 걷습니다.

겨울이라 사람들은 없습니다. 오로지 저만 이곳에 있습니다. 간혹 늦장 부리다 남쪽으로 떠나지 못한 철새들이 날아다니기도 하죠.

이 섬의 해변에는 쓰레기가 참 많습니다.

여기 해변만 그런 것인지 아니면 모든 섬들의 해변이 그런 것인지는 잘 모르겠습니다. 섬 주민들 말에 따르면 겨울에는 해류의 영향으로 먼 곳에 있는 것들이 해변으로 쓸려 온다는 이야기를 전해 들었습니다.

길 잃은 부표, 찢긴 어망, 썩은 선박용 밧줄, 파도에 부서져 눈송이처럼 변한 스티로폼, 갖가지 종류의 플라스틱, 뿌리째 뽑힌 나무, 동물의 사체, 심지어는 양쪽에 문이 달린 대형 냉장고까지 해변 가득 쌓여 있습니다.

모래사장에 널부러져 있는 그것들 위로 부는 바람과 내리치는 파도까지 더하면, 이곳 바닷가는 프랑스 누벨바그 영화의 절망적인 한 장면처럼 보이기도 합니다. 이것들을 보면 인간의 탐욕이 느껴지기도 하지만 저는 이 광경에서 비장한 아름다움을 봅니다.

물론 척 보면서 눈살을 찌푸리며 인간의 이기심을 경멸하고 욕과 저주가 담긴 말들을 내뱉었지만, 쓸려 온 것들 중 우리 것이 아닌 건 하나도 없더군요. 제가 이것을 버리지 않았지만 제가 이 일에 대해 자유로울 수는 없을 것입니다. 우리에게는 연대책임이라는 것이 있잖아요.

정기적으로 자치회에서 쓰레기들을 대대적으로 청소하지만, 워낙 많은 양이 쓸려 오기 때문에 아무리 꼼꼼하게 치워도 며칠 후면 똑같아진다고 합니다. 또 치우는 일을 반복하지만, 늘 이 모양이라고 합니다.

하지만 여름이 오면 이 쓰레기들은 모두 사라진다고 합니다. 해류가 바뀌어서 겨울과 달리 몰고 왔던 걸 다시 먼 곳으로 쓸고 가 버려서 바닷가는 정말 깨끗해진다고 합니다. 저는 실제로 본 적은 없지만 섬 주민들이 그렇다고 하면 그런 것이겠죠.

오늘도 쓰레기가 가득한 해변을 걸었습니다. 사진을 찍어 친구들에게 보냈습니다. 친구들은 혼자라도 쓰레기를 주워서 덕이라도 쌓으라고 하더군요. 저는 여름이면 이것들은 모두 사라질 거라고 말했습니다. 그리고 이곳 해류에 대해서 설명해 줬지만, 친구는 그건 그저 다른 곳으로 잠시 옮겨 가는 것이지 영원히 사라지는 것이 아니기에 누군가는 청소해야 한다고 말했습니다.

물론 청소를 해 볼 마음도 있었지만…… 그때는 별로 그러고 싶지 않아서 계속 바닷가를 걸었습니다. 이 쓰레기들도 누군가의 필요에 의해 만들어졌을 텐데, 지금은 이렇게 버려져 낯선 곳까지 흘러온 것이 마치 저랑 비슷하다는 생각을 했습니다.

물론 저는 버려지지 않았습니다. 다만 저는 제 의지가 아닌 외부의 영향으로 여기까지 오게 되었습니다. 저는 어떤 문제나 결정이 필요한 순간이 오면 스스로 결정하지 않고 주변 상황의 흐름에 따라 왔습니다. 그걸 지금에 와서 후회한다는 건 아닙니다.

선택하지 않고 쓸려 오고 쓸려 가는 것도 저의 판단이었을 테니까요. 저는 대단한 인물이 되려고 하지 않았습니다. 최대한 세상에 피해를 끼치지 않고 그 안에서 중심을 잡으려고 노력했을 뿐입니다.

이제 와서 지난날을 돌아본다면 물론 후회도 있지만 대부분은 그건 그랬을 일이었다고 믿습니다. 저는 세상과 타협하는 것에 익숙합니다. 최대한 존재를 낮추고 눈에 띄지 않는 곳에서 제가 하고 싶은 일을 해낼 뿐입니다. 그래서 저에게는 서사가 없습니다. 그리고 대단한 계획도 없는 것이 부끄럽지만 사실입니다.

저는 바닷가의 쓰레기들처럼 그저 살면서 쓸려 오고 쓸려 갈 뿐입니다. 이런 삶의 방식도 나쁘지 않습니다. 모두가 혁명가가 되고 인플루언서가 될 필요는 없으니까요. 이미 충분히 많잖아요. 자기만의 스피커를 가진 사람들은.

저는 바닷가로 쓸려 온 쓰레기들 사이를 걷는 게 마음에 듭니다. 비록 지금은 쓸모없으며 자연을 훼손하는 존재가 되었지만, 한때는 이것들도 역사를 가지고 있었을 테니 말이죠.

마치 이 세상에 버려진 저라는 쓰레기처럼 말이죠.

바람 때문에 결항된 날

모든 사람이 열심히 살거나 하나하나 계획적으로 사는 건 아니잖아요. 어떤 사람은 어영부영하다 절대적인 기회를 놓쳐서 평생 후회하면서 살기도 합니다. 제가 후자의 경우입니다만 저는 선택한 결과에 후회는 하지 않으려고 합니다.

해 볼 만큼 제가 가진 수단 안에서 해 보고, 결과가 좋든 만족스럽지 않든 그것을 납득하고 최대한 적응하는 타입이 바로 저입니다. 마치 어떤 상황에서든 자기 자리는 지키는 바다 위의 주황색 부표처럼 말입니다.

모든 인간은 적응하며 살아가게끔 생존 인자가 태초부터 DNA에 박혀 있다고 믿습니다.

너무 거창한 변명이라고요? 그렇게 생각할 수도 있겠네요.

하지만 어쩌겠어요. 이렇게 살아온걸요. 40년 넘게 이렇게
살아온 것을 이제서야 고쳐먹기가 쉽지는 않을 테고, 그러고
싶은 마음도 없네요.

　절망과 허무를 말한 철학자가 쇼펜하우어였어요. 저는 그
철학자가 마음에 듭니다. 쇼펜하우어는 인간의 비겁함을 최
대한 철학으로 변명하려 하고 싶었던 것 같아요. 솔직히 저
는 말입니다. 세상을 바꿀 마음도, 대단한 명성을 얻거나 교
과서에 실릴 법한 글을 남기고 싶지도 않아요. 돈 버는 재주
도 없어서 아마 부자가 되는 것도 틀렸을 겁니다.

　저에게도 그런 야심이 폭발하던 시기가 있었기는 합니다
만, 아무리 간절히 원하고 노력해도 결코 이루어지지 않는
일은 얼마든지 있습니다. 하지만 가끔은 제가 원하는 것을
말로 떠벌리는 걸 즐기기도 합니다. 예를 들어 제가 쓴 책이
시대의 문제작으로 평가받거나, 티브이를 틀면 나오는 섹시
한 중년으로서 사회정의, 지구온난화, 사랑에 대해 논평하거
나, 죽이는 여자와 결혼하는 그런 속물적인 것들 말입니다.

　저도 알죠! 그게 다 허황되고 공허한 말들이라는 것을요.
그렇다고 그게 다른 사람에게 폐를 끼치는 것도 아니니 상관
없지 않습니까?

사람들이 어떻게 살아가는지, 어떻게 살아갈 것인지 그리고 무슨 생각을 가지고 살아가든 그게 우리랑 무슨 상관이겠어요?! 그저 들어 주면 됩니다. 그리고 이런 말도 있지 않습니까? "꿈꾸는 사람을 깨우지 말라."

아무래도 오늘은 배가 뜨지 않을 것 같네요.

어젯밤부터 강풍주의보가 발령되었다고 하더니 바람이 정말 세게 불기는 하네요. 아까 담배를 피우러 나갔는데 바다에서 불어오는 바람 때문에 담배에 불을 붙이기도 어렵더라고요. 저는 이 섬에 온 지 얼마 되지 않아, 배가 뜨지 않은 경우는 처음이네요. 겨울에는 이렇게 바람이 불면 며칠이나 배가 뜨지 않을 수도 있다고 합니다. 곤란하네요. 목포로 나가야 하는데, 저를 기다리는 사람이 있거든요.

그럼 이럴 때는 어떻게 해야 하나요? 집으로 돌아가 날씨를 체크해야 한다고요?! 정말 사람이 할 수 있는 일은 없군요. 그저 바람이 잦아들 때를 기다리는 수밖에는. 이렇게 섬에 배가 뜨지 않아 갇혀 있으니 그때가 생각나네요. 코로나 19 팬데믹 시대.

몇 년 전 일이지만 벌써 까마득한 일인 것 같지 않습니까? 그때는 모든 것이 멈춰 버려서 집 안에만 고립된 채 머물러야 했었잖아요. 그렇게 2년이라는 시간을 무의미하게 보냈네요. 하지만 저는 그 시간이 나쁘지 않았습니다. 오히려 즐 겼을 정도입니다.

왜냐하면 그 시간은 제게만 일어난 일이 아니라 전 세계 모든 사람에게 공평히 일어났으니까. 아무것도 하지 않는 나 자신을 자책하거나 미워할 일도 없었고, 그러다 보니 남들에 비해 뒤처질 일도, 이룩할 일도 없어서 게으른 저는 좋았습 니다.

어떤가요? 제 말이?

포기하고 다시 숙소로 돌아가서 앞으로의 날씨 소식을 찾 아봐야겠습니다.

제가 하는 말은 다 믿겠다고 약속해 주세요

다시 한번 느끼는 것이지만 이 섬에는 정말 아무것도 없습니다.

분명 집들도 학교도 있고 염전도 시금치 밭도 있고, '하나로마트'나 편의점, 카페도 몇 곳 있지만 아무리 다녀도 주민들은 만나기가 어렵습니다. 심지어 길고양이조차 없어요. 그저 바다와 바람이 이 섬을 안팎으로 휑하니 채우고 있을 뿐입니다.

사실 여기보다 굉장한 풍경을 자랑하거나 사람들의 삶이 느껴지는 곳은 얼마든지 있을 것입니다. 하지만 저는 텅 비어 있는 듯한 이곳을 좋아합니다. 외부의 소리가 귀를 손으로 막는 듯 아무것도 들리지 않고, 오로지 제 호흡소리만 들리는 것 같습니다.

그리고 이 외진 섬에 있으면 세상의 모든 소식이나 누구에게나 공평히 주어진 시간이, 무작정 흘러가 버리는 것 같습니다. 그래서 바깥세상의 아무리 큰 사건도 여기서는 아무것도 아닌 것이 됩니다.

이곳에서 중요한 것은 날씨로, 오늘 배가 뜰지 아니면 뜨지 않을지가 중요합니다. 이런 외진 섬에서는 배가 뜨는 게 중요해요. 만약 파도가 높으면 며칠이고 육지와 고립되는데, 그러면 상점 진열대에 물건들이 비어 가는 것이 보이거든요. 그렇기에 웬만하면 충분히 장을 봐 놓아야 합니다.

그걸 몰랐던 지난번에는 폭설이 내려서 5일 동안 배가 뜨지 않았습니다. 미리 장을 봐 두지 않아 먹을 게 초코파이 몇 개와 시금치뿐이어서, 오로라를 잡아먹을 뻔했다니까요.

지금까지 살면서 눈이 그렇게 발악하듯 내리는 걸 본 적이 없었어요. (물론 핀란드의 로바니에미Rovaniemi에서는 허리까지 눈이 내리긴 했지만, 그곳은 거의 북극이었어요.) 1미터 앞도 보이지 않을 정도로 눈보라가 쳤고 그 눈이 거짓말 하나 안 보태고 허벅지까지 쌓여 운전도 할 수 없었다니까요. 여기는 작은 섬이라 제설차가 없어서 제때 눈을 치우지 못해 날이 맑아질 때까지 마냥 기다릴 수밖에 없었습니다.

보통 사람들은 살면서 눈이 많이 내려서 고립되는 경우가 거의 없잖아요. 하지만 지난번에는 그랬습니다. (대한민국 전라남도 신안군 도초도에서요!)

첫째 날에는 통창으로 내리는 눈을 바라보면서 부르스 스프링스틴Bruce Springsteen의 〈네브래스카Nebraska〉라는 발표한 지 꽤 지난 앨범을 들었습니다.

이튿날에는 이마무라 쇼헤이今村昌平 감독의 〈우나기〉라는 일본 영화를 봤습니다.

셋째 날에는 갑자기 인터넷이 먹통이 되더군요. 아마 눈이 많이 내려서 인터넷 선에 문제가 생겼다고 추측할 뿐, 제가 할 수 있는 일은 없었습니다. 불안한 눈으로 끝도 없이 내리는 눈만 바라봤습니다. 답답해지고 슬슬 먹을 것도 떨어지고 도초도의 시금치와 스팸 한 통만 있었습니다. 다행히 마실 물은 넉넉했네요. 만약 물이 없었다면 내린 눈을 나의 뜨거운 심장의 열로 녹여서 마셔야 했을 수도 있죠. 농담이 아니라 진짜 긴박한 순간이었습니다.

나흘날에는 대체 어떤 상황인지 보려고 단단히 껴입고 오로라와 함께 눈보라를 뚫고 밖으로 나가 봤습니다. 현관문을 열자마자 쏟아지는 강한 눈보라에 우리는 무척 놀랐네요. 오로라와 저는 남극을 탐험하는 로알 아문센Roald Amundsen처럼 눈보라와 사투를 벌이며 시목해변까지를 걸었습니다.

얼마 전까지 해변이던 곳은 어디가 길이고 어디가 모래사장인지 구별되지 않을 정도로 눈이 쌓여 있었습니다. 오로라는 역시 시베리아허스키라 그런지 눈을 좋아하더군요. 혼자 흥분해서 눈을 먹기도 하고 제 말은 듣지도 않고 미친 듯이 사방을 뛰어다녔습니다. 그렇게 날뛰는 게 자신의 시대정신이라도 되는 듯 말이죠. 오로라가 폭설이 내리는 바닷가를 달리는 광경은 어쩌면 제가 죽을 때까지 길이 남을 풍경일 것입니다.

아무래도 쉽게 멈출 눈보라가 아닌 것 같아 우리는 숙소로 돌아왔습니다. 저녁에 시금치를 데쳐서 스팸과 함께 먹으니 마치 세상이 멸망해서 외딴곳에 우리 셋만 남은 기분이 들었습니다. 그런데 그 기분이 나쁘지 않았어요. 오히려 아득했고 이제껏 느껴 본 적 없는 생명감이 느껴졌습니다.

저는 옆에 앉아 호기심 가득한 시선으로 눈 내리는 창을 내다보는 모리씨에게 말했습니다.

"내일도 눈이 내리면 우리는 선택을 해야 해. 먹을 것이 없으니 우선 오로라를 먹자."

모리씨는 저를 가만히 쳐다보다가 결국 동조했습니다. 어리숙한 오로라는 이런 우리 마음도 모르고, 스팸 좀 달라고 온갖 애교를 부리더군요. (가여운 녀석, 오늘 밤이 어쩌면 너의 마지막 날일지도 몰라.)

　아침의 강한 햇살에 눈이 떠졌습니다. 거짓말처럼 사과알처럼 둥근 태양이 떠 있었습니다. 너무 화창한 날씨였어요. 어제까지 그런 눈보라가 몰아쳤다는 사실이 믿기지 않을 만큼. 정오가 넘으니 제설차가 숙소 앞길을 제설해서 마을로 내려갈 수 있게 되었습니다. 이 이야기는 이렇게 해피 엔딩으로 끝났습니다.

　마트에 가서 장을 봐 왔기에 다행히 오로라는 안전합니다. 그때 이후로 눈은 그렇게 내리지 않더군요. 저는 그게 좀 아쉬웠습니다.

　당신에게 약속하고 싶습니다. 만약 우리가 세상의 종말이나 그 어떤 재난에서 조난당한다면 저는 당신을 살리기 위해서 뭐든지 할 것입니다. 배고프면 사냥을 해서라도 식량을 구하고 물이 필요하면 아주 먼 길을 걸어서라도 반드시 물을 가지고 올게요. 안전하게 잘 곳이 필요하다면 맨손으로 땅을 파서라도 우리의 셸터를 만들게요.

　그리고 당신이 무서워 잠들지 못한다면 제가 보고 겪은 이야기들을 해 주고 밤새도록 지켜 줄게요.

그럼 한 가지만 약속해 주세요.

제가 하는 말은 다 믿어 주겠다고.

파란 수국을 띄워 보낼게요

오전 여덟 시면 카페 꽃띄움에 옵니다. 카페는 열한 시에 열기 때문에 문은 아직 잠겨 있습니다. 유리문으로 안을 들여다보면 불 꺼진 카페가 차갑게 식어 있습니다. 사장님이 알려 준 비밀번호를 치고 능숙하게 문을 열고 들어가, 입구 벽에 달린 전원 스위치를 눌러 불을 켭니다. 그런 다음 히터의 온도를 25도로 올리고 계산대 뒤편에 있는 이곳 규모와 맞지 않게 소박한 오디오를 틀면 송가인이나 신승태의 성인가요가 흘러나옵니다.

제가 항상 앉는 곳은 바다 쪽으로 난 창을 등지고 있는 자리입니다. (저는 결코 바다를 정면에 두고 앉지 않네요. 짙은 파란색 바다를 보고 있으면 막막함이 느껴져 불안해지기 때문입니다.)

따뜻한 커피를 마시기 위해 익숙하게 카운터로 들어갑니다. 증기기관차처럼 단단하고 야무진 커피머신에서 진한 커피를 고풍스러운 찻잔에 내립니다. 커피를 가지고 나오면서 포스 기계에 커피 한잔 가격을 스스로 계산하는 것도 잊지 않습니다. 이곳이 저의 카페이고, 저의 영토인 것같이 말이죠. 저의 행동은 연습을 많이 한 군악대 나팔수처럼 절도도 있고 무엇보다 경쾌합니다.

파도에 배가 선착장에 부딪히는 소리가 '뿌우욱~' 하고 주기적으로 들립니다. 저는 최재천 선생의 『다르면 다를수록』을 뜨거운 커피를 마시며 읽습니다. 이것이 도초도에서의 오전 일상입니다.

물론 지금쯤 당신은 출근해서 사무실에 있겠네요. 그런 당신을 생각하며 우리는 같은 시간대에 있지만 정말 다른 풍경 속에 살고 있다는 생각을 해 봤습니다. 어쩌면 당신은 남도의 유명하지 않은 섬에서 바다를 등지고 앉아서 커피를 마시는 제가 부러울 수도 있겠네요. 마치 레이먼드 카버Raymond Carver의 단편소설에 나오는 커피 냄새가 풍기는 평화로운 일상 속 한 장면 같을 겁니다.

그렇다 해도 너무 부러워하지 않아도 괜찮을 겁니다. 이렇게 룰루랄라 하며 사는 저도 당신 못지않게 인생 자체에 대한 고민을 지니며 살고 있답니다. 평생 이렇게 살아왔습니다. 내 책상, 내 컴퓨터를 가져 본 적 없고 고정 급여와 보너스를 받아 본 적도 없어요. 그리고 4대보험조차 들어 본 적이 없습니다. (지역가입자로 분류되어 있어 당신보다 꽤 무거운 세금을 내고 있습니다.)

저의 생활은 제가 봐도 불안합니다. 글을 써서 책을 내고 그걸 팔아서 사는 방식은 요즘 같은 시대에 절대 만만치 않습니다. 당연히 그렇게 많이 벌지 못하고요. (요즘 같은 시대에 책은 잘 팔리지 않는다고 하잖아요.) 그래도 생존할 수 있는 건, 저는 기본적으로 돈이 많이 필요하지 않아서 겨울에 다람쥐가 가을에 모아 둔 열매를 야금야금 먹으며 지내듯, 저도 모아 둔 돈으로 살고 있습니다.

모든 일이 다 그렇지만 작가라는 직업은 정말이지 보장된 미래가 없는 한물간 직업인 것 같습니다. 만약 제가 이 시대에 길이 남을 명작을 남긴다는 보장이 있거나, 내는 책마다 미친 듯이 팔린다면 저야 너무 행복하겠죠. 하지만 냉정하게 생각해서 저는 문학계에 한 획을 그을 만한 재능을 타고나지 않은 듯싶습니다. 아무리 써 봐도 거기까지는 도달할 수 없겠다는 걸 알게 되었습니다.

이렇게 근근이 글을 쓰고 지금과 비슷하게 살아갈 것입니다. 후회요? 여기까지 와서 후회라는 말을 하기에는 늦은 것 같습니다. 중년에 들어선 지금은 글 쓰는 일 말고 다른 일을 찾아서 시작한다는 것이 제게는 막막하거든요. 그래도 이제는 새로운 걸 시작해 보려고 합니다. 그 새로운 일이라는 것이 정확히 무엇인지는 아직 정하지 못했지만, 아마도 기술을 쓰는 일이 될 것 같습니다.

저는 글 쓰는 것을 정식으로 배운 적이 없었고 더욱이 작가가 될 거라고 생각한 적은 단 한 번도 없었습니다. 중학교 때부터 때때로 생각나는 것을 메모했고, 시대가 바뀌어 공책에 메모하던 것을 인터넷 블로그에 누가 보든 말든 계속 올렸습니다. 그것이 기적처럼 출판사 눈에 띄어 책을 내게 되었습니다. 17년 전 첫 책이 나왔고 그 책은 운 좋게 베스트셀러가 되었습니다.

일이 그렇게 되다 보니 두 번째 책을 당연한 듯 썼고 그다음부터는 수월하게 세 번째, 네 번째……. 어느덧 일곱 번째 책까지 출판했습니다. 그러다 보니 사람들은 저를 작가라고 부르더군요.

그 호칭이 익숙해질 때쯤 정말 저는 글을 쓰는 것이 직업인 작가가 되어 있었습니다. 인생은 제가 알지 못하는 방식으로 흐르고 흘러 여기 도초도 선착장 카페까지 오게 만들었습니다.

여기서 등대지기처럼 비가 오나 눈이 내리나 바람이 불더라도 묵묵히 자리를 지키고 매일매일 글을 쓰고 있습니다. 이 글이 어떻게 될지, 어떻게 끝맺을지 저는 모릅니다. 다만 이것이 책으로 나올 것이라는 짐작만 할 수 있습니다. 왜냐하면 이미 계약을 했고 선인세를 받아서 오래전에 다 써 버렸거든요. (명작을 쓰게 만드는 건 빚이라는 말을 한 사람은 도스트옙스키였다죠.)

저는 이 책까지 출판하고 당분간 책을 쓰지 않으려 합니다. 충격적인 발언은 아닐 겁니다. 작가가 넘쳐 나는 시대에 저 하나쯤 책을 내지 않아도 세상에는 전혀 아무런 영향은 없을 것입니다. 창작의 고통으로 괴롭다거나 출판 시장이 좋지 않아서가 아니라, 저는 에세이만 그동안 전생의 업보처럼 꾸역꾸역 써 왔습니다.

에세이는 제가 경험하고 느낀 일을 거짓 없이 서술하는 장르입니다. 그렇다 보니 저는 40여 년을 살아온 저의 이야기를 이제까지 발표한 일곱 권에서 다 썼습니다. 제가 지닌 정신병에서부터 옛 여자 친구들, 여행 이야기, 엄마의 죽음, 보통 사람이었다면 감추고 싶었을 찌질함까지 말이죠. 더 이상 할 이야기가 없고 하고 싶은 이야기도 없습니다. 이 이상 쓰다 보면 자기복제나 이야기의 재탕만 하게 될 것입니다. 그런 책은 세상에 나오게 하면 절대 안 됩니다.

저는 도초도에 와서 이번 책을 준비하면서 이게 저의 마지막 이야기라는 것을 알게 되었습니다. 책을 출판하지 않더라도 글은 계속 쓸 것입니다. 저는 쓸 수밖에 없는 사람이거든요. 언젠가 좋은 이야기들이 다시 제 몸에 쌓이고, 그것들이 당신에게 이야기해 줄 만한 가치가 있다면 다시 책을 위한 글을 쓰겠습니다.

○

이 카페의 이름은 '꽃띄움'입니다. 이름에 걸맞게 꽃차를 주로 파는 곳인데 특히 수국차가 맛있는 곳입니다. 아주 멋지고 따뜻한 사장님이 운영하고 있습니다. 주로 점심시간이 지난 때에 문을 여는데, 아침에 작업하는 저를 위해 특별히 비밀번호를 알려 주며 언제든지 작업할 수 있는 공간을 내주었습니다.

특히 정오에 사방으로 난 카페의 창으로 들어오는 햇살을 맞으며 앉아 있으면, 모든 화와 욕심 그리고 복잡함이 스르르 녹아내립니다. 꽃띄움에서 저는 제 한계와 마주쳤고, 저에게 남은 아직 살아 보지 못했던 시간을 꿈결처럼 생각하기도 했습니다.

그거 아세요? 도초도는 수국이 유명하다고 합니다.
매년 유월쯤에는 수국이 온 섬에 핀다고 하네요. 저는 겨울에 머물러 수국을 보지 못하지만, 만약 제가 꽃피는 계절에 혹시 돌아온다면 파란 수국 잎을 당신에게 띄워 보내겠습니다.

저는 혼자입니다

저는 지금 혼자입니다. 결혼한 적이 없으니 당연히 이혼도 해 본 적이 없고 아이도 없습니다. 현재 만나는 여자는 없네요. 소위 노총각이기는 하지만 그렇다고 제가 항상 쓸쓸했던 건 아닙니다. 누구나 그렇듯 제게도 사랑이 넘쳐 나던 시기가 분명 있었습니다. 절대 허풍이 아니라는 것을 당신이 알았으면 좋겠습니다.

어떤 사람들은 자유로워 보이는 저의 태도 때문에 비혼주의자냐는 질문을 할 때도 있지만 그건 절대 아닙니다. 다만 적당한 때를 놓친 것뿐입니다. 그동안 결혼하고 싶다고 생각한 여자도 있었습니다.

하지만 이런저런 핑계와 타당한 이유로 지금은 함께하지

못합니다. 생각해 보니 동거는 해 본 적 있네요. 그럼 지금부터 그 이야기를 해 줄게요. 꽤 낭만적이거든요. 먼저 말해 두고 싶은 건, 그 동거가 풋사랑의 결과였다고 말하고 싶지는 않아요.

그녀와 나는 워킹홀리데이로 시드니에 머물고 있었죠. 우리는 호주에 워홀로 온 사람들이 모여서 만든 커뮤니티에 있었습니다. 그 모임은 매주 토요일 밤에 차이나타운에 있던 '상어'라는 바에서 함께 모여 부족한 영어를 공부했습니다. (참고로 워홀로 온 사람들은 대부분 학교를 다니지 않고 이런저런 허드렛일을 하기에 영어를 잘하지 못했습니다.)

그녀는 일본인이었고 저와 동갑이었습니다. 첫눈에 서로에게 반해서 당장 같이 살게 되었다면 로맨틱 영화에나 등장할 법한 이야기가 되었겠지만, 그런 것은 아닙니다. 우리가 친해지게 된 건 그녀가 제가 좋아하던 일본 밴드 피쉬만즈 Fishmans와 같은 동향 출신이라는 이유 때문이었습니다. 그렇다고 연인이 된 건 아닙니다. 그냥 친구였습니다.

그때 저는 집과 관련된 골치 아픈 일이 있었습니다. 사기 비슷한 것을 당해서 쫓겨날 처지였거든요. 이런 문제를 이야기하다 그녀가 먼저 제게 제안을 했습니다. 자기 룸메이트가 곧 워홀이 끝나서 일본으로 돌아가야 하니 자기도 룸메이트를 구해야 한다고 말이죠. 저만 괜찮다면 자기랑 같이 지내면 어떻겠느냐는 제안이었습니다. (이 이야기를 하면 모두 다들 제가 만들어 낸 허세 가득한 이야기라고 생각합니다만, 실제로 2000년대 초반에 제게 일어난 일입니다.)

그렇게 우리는 함께 살게 된 동시에 연인 사이가 되었네요. 쓰고 보니 말이 이상하지만 그때는 이게 자연스럽고 당연한 일이었습니다. 그녀가 살고 있던 곳은 베트남 구역에 있는 바의 2.5층에 있는 열 평이 채 안 되는 스튜디오였습니다. 놀랍게도 그곳은 원래 창고였기에 창문도 없었고 화장실도 없어서 용변을 보거나 샤워를 하려면 외부에 있는 바의 화장실을 이용해야 했습니다. 지금에 와서 생각해 보면 참으로 처참한 환경이지만 그때는 그다지 불편하지 않았습니다. 무엇보다 가격이 저렴했거든요.

햇살도 하나 들어오지 않는 그 방에서 우리는 5개월을 함께 살았습니다. 요리는 캠핑용 스토브로 해 먹고 빨래는 코인 세탁실에 가고 작은 매트리스에서 둘이 함께 잤습니다. 밤에 그녀가 화장실에 갈 때면 저는 같이 가서 문 앞에서 지키고 서 있었습니다. 왜냐하면 간혹 취객들이 짓궂은 장난을 쳐서 그녀를 불안하게 하는 일이 많았거든요.

누군가가 제게 가장 행복했던 시절이 언제였느냐고 묻는다면 저는 주저하지 않고 그 시간이었다고 말할 수 있습니다. 그녀와의 사랑, 그녀가 내 옆에 있어서…… 그런 것보다는 그때 우리는 공평했고 서로에게 예의 발랐으며 우리가 믿고 의지할 수 있는 사람은 우리 둘뿐이었으니까요.

20여 년이 지난 지금 저는 그녀의 소식을 모릅니다. 어쩌다 연락이 끊겼는지 알 수 없지만, 분명 제가 기억하는 것을 그녀도 기억하고 있을 것입니다. 지금보다 더 시간이 지나도 언제나 좋게 기억될 만한 이야기네요.

당신도 혼자인가요?

어쩌면 저와 비슷한 이유로 당신도 타이밍을 놓친 것이라는 생각이 듭니다. 제가 당신에게 마음을 고백하려는 것은 아닙니다. 저는 감히 당신을 사랑한다는 말은 하지 못할 것입니다. 대신 당신을 정말 좋아합니다. 당신에 대한 저의 감정은 좋아하는 감정과 사랑하는 감정 사이, 그 무엇으로든 메워지지 않을 골짜기 정도에 있습니다.

솔직히 당신과 함께하기를 원했던 적이 있었지만 저는 두려웠습니다. 당신과 제가 함께하게 되면 저의 모든 게 부서져 제 존재가 사라지고 희미해질 것 같았습니다. 그래서 저는 그 기억을 마음에만 담아 두기로 했습니다.

생각합니다. 모든 로맨스가 이뤄질 필요는 없습니다. 함께한다는 것이 반드시 해피 엔딩은 아닐 것입니다. 서로의 마

음과 애정을 사는 동안 느끼며 각자 살아가다가 어떤 순간에
운명처럼 만나는 것을 기대해 봅니다.

지금 당신은 모두 잊어버렸겠지만

　어쩌면 당신은 기억하지 못할지도 모르지만 우리 사이에 그렇고 그런 일이 있었습니다.

　지중해의 따가운 햇살과 아프리카를 건너가기 전에 잠시 머문다는 메마른 바람을 맞고 자란 포도로 만든 샴페인 세 병을 말라가의 보틀숍에서 샀습니다. 먹먹한 느낌이 나는 카페트가 깔린 낡은 숙소에 들어오자마자 저는 그걸 냉장고에 보관했고 당신은 샤워를 했죠.

　그믐달조차 뜨지 않았고 길고양이들도 잠잘 곳을 찾아 떠난 유난히 고즈넉한 밤이었습니다. 간간이 창밖에서 잔잔한 파도가 방파제에 부서지는 소리만 들렸네요. 저는 그 소리를 들으며 미닫이창에 기대어 앉아 담배를 피웠습니다. 담배 연기는 안개처럼 공중으로 퍼지다 이내 사라졌습니다.

당신은 젖은 머리에 수건을 감고 18세기풍의 고풍스러운 소파에 앉았고, 당신을 마주 보고 저는 나무 바닥에 앉았습니다. 우리 사이에는 적당히 차가운 샴페인이 놓여 있었습니다. 아쉽게도 우리에게는 예쁜 유리잔도 없었고 그 흔한 머그 컵조차 없었죠. 어쩔 수 없이 샴페인을 병째 들고 번갈아 가며 마실 수밖에 없었죠. 그것도 나름 운치가 있었던 것 같아요.

저는 데이비드 보위David Bowie의 〈모던 러브Modern Love〉를 핸드폰으로 틀었고, 샴페인을 한 모금 마신 당신은 아직 젖어 있는 머리로 부드럽게 노래에 리듬을 타며 병을 제게 넘겼어요. 그리고 말하더군요. "내가 원하던 게 바로 이거였어."

그 말은 혁명적인 구호 같았고, 100년이 지나도 사랑받을 노랫말처럼 들렸습니다. 당신은 그 누구에게도 들려주지 않았던 학창 시절 이야기를 해 줬고, 저는 그 누구에게도 보여준 적 없는 글을 읽어 주며 샴페인을 호흡하듯 나눠 마셨습니다.

노래는 픽시스Pixies의 〈히어 컴스 유어 맨Here Comes Your Man〉으로 흘러갔고, 그다음 노래는 벨벳 언더 그라운드The Velvet Underground의 〈비너스 인 퍼스Venus In Furs〉였고, 다음에는 더 클래시The Clash의 〈런던 콜링London Calling〉으로 이어졌어요.

당신과 나는 더욱더 취해 갔고 밤은 고요해지고 점점 어두워졌죠. 모든 것이 완벽한 밤이었습니다. 당신은 취해서 그랬는지 아니면 음악이 좋았는지 한 손에 샴페인 병을 들고 방 안을 회전목마처럼 빙빙 돌더군요. 저는 방 안 한가운데 등대처럼 서서 당신을 바라보며 제자리에서 돌았습니다. 그때 당신이 제게 지어 보인 표정은 이제까지 제가 본 적 없는 것이었습니다. 두 눈에는 애정이 가득했고 두 볼에는 모든 걸 다 얻게 된 서쪽 나라의 왕같이 기쁨이 가득 차 있었어요.

세 병째 샴페인을 따며 "이게 마지막이야"라고 말했어요. 당신은 "벌써?"라고 아쉬워하며 "술을 잘 못 마시고 즐기지도 않지만, 지금은 내가 아닌 것처럼 취하고 싶어"라고 말하더군요.

"걱정 마. 내가 가서 사 올게"라고 말하니 "나를 위해 늦은 밤, 낯선 도시에서 술을 사다 주겠다는 너를 너무 사랑해"라고 환호하며 나를 껴안아 줬습니다. 당신에게 오늘 밤 뭔가 해 줄 것이 이 세상에 있다는 사실이 제게는 축복이었습니다.

우리는 술에 취해 서로 껴안고 음악에 맞춰 서커스의 곰처럼 뒤뚱거리며 춤을 췄습니다. 행복했습니다. 당신과 함께 취해서, 이제까지 본 적 없는 당신의 미소를 볼 수 있어서, 그리고 우리가 안고 있다는 것이. 그때 이런 생각이 들더군요. '취하지 않은 날에도 이렇게 안아 준다면 정말 좋을 거야!'

어쨌든 전 행복해져서 그대로 밤하늘로 솟구쳐 올라 폭죽처럼 터져 버릴 것 같았습니다. 저도 태어나서 그렇게 취한 적은 없었거든요. 그때 제 머릿속은 당신의 젖은 머릿결처럼 부드러웠고, 그때 제 몸에는 피 대신 탄산과 알코올이 흐르는 것 같았습니다. 결국 우리는 샴페인을 다 마시고 말았습니다.

"금방 다녀올게"라고 저는 당신을 소파에 앉히며 말했죠. 당신은 가만히 저를 올려다보며 "정말 다녀오려고?"라고 물었어요.

"근처에 술을 팔 만한 곳이 있을 거야. 기다려 줄래?"라고 달래듯 말했습니다. "같이 가!"라고 말하며 당신이 비틀거리며 일어나기에 다시 당신을 소파에 앉히며, "달려갔다 올게"라고 했더니 "나쁜 사람들이 널 데려가면 어떡해? 내가 너를 지켜 줄게" 하며 함께 나가려고 고집을 부리더군요. 그렇게 아이처럼 떼쓰는 당신을 보고 크게 웃어 버렸네요.

"걱정 마. 그런 일은 없을 거야. 만약 생긴다 해도 반드시 돌아올게"라고 당신을 달래며 문밖으로 달려 나갔죠.

말라가는 흑백사진처럼 고요한 밤 안에 있었습니다. 문 닫힌 쇼핑가를 뛰어서 불 켜진 상점을 찾으려 도시를 헤맸습니다. 그날 밤 말라가는 우리만 빼고 다 떠나 버린 것처럼 텅 비어 있는 것 같았어요. 온몸이 땀에 젖을 때까지 뛰었지만 결국 술을 살 수가 없었습니다.

그때 저에게 누군가가 술을 한 병이라도 줬다면 제 오른팔이라도 떼어 줄 수 있었을 정도로 간절했지만, 빈손으로 숙소에 돌아갈 수밖에 없었습니다. 당신이 혼자 기다리고 있었으니까요.

조용히 계단을 올라 2층 방으로 돌아와 문을 열어 보니 당신은 소파 한편에 기대어 잠들어 있었습니다. 이불을 가져다 당신에게 덮어 주고 저는 소파에 기대어 앉아 흐르는 땀을 그제야 닦아 냈습니다.

술이 깨는 것 같더라고요. 온 도시를 뛰어다녀서 그랬을 겁니다. 다시 맑아진 머리로 생각했습니다. 당신은 내일 아침에 이 밤을 기억할 수 있을지? 우리가 서로를 안아 줬던 걸, 우리가 함께 춤을 췄던 걸, 우리가 나눈 이야기들을, 그리고 취했을 때처럼 다시 나를 사랑하는 사람을 바라보는 것처럼 봐 줄지…….

설령 당신이 그 밤을 기억하지 못해도 괜찮습니다. 샴페인에 꼭지가 돌 만큼 취해서 그런 거라 해도 나는 괜찮습니다. 아무도 우리를 모르고 이제껏 단 한 번도 와 보지 않은 낯선 도시 말라가의 낡은 호텔 방 안으로 숨어들어 가, 이 세기에 남을 밤을 보낸 건 분명한 사실이니까요.

우리 사이에 분명 그렇고 그런 일이 있었습니다.

그 어디에도 없는

모든 것은 당신 때문에 좋다

　만약 부처나 예수가 지금 살고 있다면 여기에 있을 것이라고 그는 생각했다. 삼 층이 넘는 건물은 한 채도 없었고 대나무와 정글에서 베어 온 나무로 만든 조각 집들이 마을을 이루고 있었다. 사람들은 야자 잎으로 만든 챙이 넓은 모자를 쓰고 맨발로 강둑을 걸어 다니고 있었다. 그가 마을에 도착했을 때 농부들이 막 정글에서 베어 온 나뭇가지나 짚으로 마을 어귀에 울타리 같은 것을 만들고 있었다. 그가 보기에 울타리는 별 의미가 없어 보였다. 촘촘하지도 않았고 전혀 위협적이지도 않았기 때문이다. '도대체 무엇을 위한 울타리일까?' 어쩌면 그건 바깥세상과 이곳을 경계 짓는 심정적 울타리인지도 모르겠다는 생각이 들었다.

주민들은 모두 선해 보였고 그와 마주칠 때면 살짝 미소 지으며 고개 숙여 인사를 했다. 그들의 미소는 태어날 때부터 웃고 있었던 건 아닐까 하는 생각이 들 만큼 자연스러운 것이었다. 마을을 관통하는 도로에는 차도 잘 다니지 않았다. 대신 아이들이 놀고 있었고 그들을 피해 오토바이와 수레를 단 자전거가 하천을 따라 흐르는 송어처럼 유연하게 다녔다. 그리고 이곳의 주민들은 다른 도시들에서 그랬던 것처럼 그를 뜨내기 관광객이나 돈으로 보지 않았다. 대신 먼 곳에서 찾아온 귀한 손님처럼 대했다. 그는 이 험악한 세상에 아직 이런 곳이 존재한다는 사실을 믿을 수 없었다. 그는 이 마을이 무척 마음에 들었다.

그곳은 찾아오기 너무 어려운 길이었다. 현지인들도 쉽게 발음하기 어려운 이름이었고, 외진 곳에 있어서 그런지 지도에도 나와 있지 않았다. 사실 그곳은 도시라기보다는 작은 마을 같았다. 하지만 그곳도 행정상 도시로 분류되어 있어 경찰서도 있고 소방서도 그리고 관공서도 있다고 했다. 버스는 하루에 세 대가 주변 큰 도시를 오고 가다 잠시 들르기 때문에, 버스를 놓친다면 다음 버스를 오랫동안 땡볕 아래서 기다리거나 지나가는 차를 잡아타야 했다. 그가 내린 정류장은 대로의 얼기설기 바나나 잎으로 만든 방갈로였다. 만약 '정류장'이라는 간판이 없었다면 아무도 그곳이 도시의 버스

정류장이라 상상도 할 수 없었을 것이다. 그가 흙먼지와 뜨거운 열기와 함께 도착한 때는, 해가 저물어 가는 오후였다.

어렵지 않게 방갈로 하나를 말도 안 되게 저렴한 가격으로 빌렸다. 방갈로는 벽과 바닥은 나무로 지어졌고 지붕은 빨간 슬레이트로 덮인 소박한 곳이었다. 작은 발코니도 있었고 거기에는 테이블도 있었다. 하지만 화장실에는 천장이 없어서 비가 내리면 비를 맞으며 샤워를 하고 밤에는 둥근 달 아래서 볼일을 봐야 했다. 마음에 드는지 아니면 들지 않는지에 대한 선택은 없었다. 어차피 외지인이 머물 곳은 거기가 유일했기 때문에 그에게는 선택의 여지는 없는 것이었다. 첫날 밤 방갈로 안과 밖으로 벌레들이 들끓었다. 내셔널지오그래픽 다큐멘터리에서나 볼 수 있을 법한 생김새가 괴상하고 큰 벌레들이었다. 그것들은 어디서든 들어왔다. 아마도 방에 켜 둔 등불 때문에 그랬는지도 모른다. 밤새 벌레에 시달리다 잠을 설친 그는 다음 날 일어나자마자 마을로 나가 독한 벌레 약을 사서 뿌리고 피웠다. 그날 이후 아침에 일어나면 침대 시트와 그의 몸에는 죽은 벌레들이 뽀얀 먼지처럼 쌓여 있었다. 또 다른 며칠을 지내고 나서야 벌레들이 그저 기어 다니거나 날아다닐 뿐, 그에게 별다른 해를 끼치지는 않는다는 것을 알아차렸다. 그는 벌레들을 유혹하는 전등을 끄고 대신 초를 켜고 지냈다. 그리고 벌레 약을 뿌리는 일도 그만

됐다. 더 이상 벌레들은 그를 괴롭히지 않았고 깨끗한 침대에서 아침을 맞이했다. 가끔 정말 큰 거미가 들어오기도 했다. 그건 손바닥만 했다. 거미를 예의 있게 내몰면 거미는 불쾌하다는 듯 나가 버렸다. 만약 여자와 함께 있었다면 여러 번, 비명 소리를 들어야 했을 것이고 불쌍한 거미를 죽이고 흥분한 여자를 달래야 했을 것이다. 하지만 그는 혼자여서 여자를 달랠 필요도 그리고 잘못 없는 거미를 죽일 필요가 없어 다행이라 생각했다. 매일 밤 창문으로 반딧불이가 길을 잃고 들어와 방 안에서 날아다녔다. 그 빛은 어찌나 밝던지 자다가 놀라서 깨면 빛의 궤적은 마치 유령처럼 방 안을 부유하고 있었다. 그 광경은 아무리 봐도 새롭고 신비로웠다.

아침에는 방갈로 앞의 풀밭으로 안개가 낮게 깔렸고 풀밭에는 이슬이 맺혔다. 그는 담배를 피우며 맨발로 그 위를 걸어 다녔다. 느낌은 도톰한 북유럽산 카펫 같았다. 이슬은 그의 발을 적셨고 졸린 머리는 천천히 깨어났고, 그가 내뱉는 담배 연기는 안개와 섞여 주변을 구름처럼 만들었다. 담배 한 개비만큼의 산책을 끝내고 돌아와 방석만 한 나무 테이블에서 가스버너로 커피를 끓여 마시며 본격적으로 해가 떠오르기를 기다렸다. 서두를 건 아무것도 없었다. 특별히 해야 할 일도 없었고 마을도 아직은 잠들어 있기 때문이었다.

매일이 오늘 같았다. 오늘은 어제 같았다. 이내 안개는 스멀스멀 물러가고 창 너머로 높은 산 정상이 보였고 그 위로 태양이 떠올랐다. 바람 한 점 불지 않았다. 오늘도 뜨거운 하루가 될 것이라고 생각했다. 입고 있던 옷을 다 벗고 천장이 없는 화장실로 가서 파란 하늘 아래서 샤워를 했다. 벽에는 달팽이가 아주 느리게 다른 세상을 향해 기어가고 있었다. 그는 달팽이를 방해하지 않고 조심히 샤워를 하고 나서 달팽이가 향하던 방향으로 달팽이를 던졌다. 그 행동이 달팽이의 시간을 절약했을 것이라 생각했고 스스로 선한 일을 했다고 믿었다. 그리고 젖은 알몸으로 침대에 앉아 오늘 읽을 책을 골랐다. 그것은 큰 고민거리는 아니었다. 왜냐하면 그에게는 앞이 떨어져 나갔거나 물에 젖었다 마른 책 세 권밖에 없어서 그것들을 번갈아 가면서 읽고 또 읽었다. 하지만 읽을 때마다 내용은 달랐다. 그날 기분에 따라 말이다. 그리고 그는 연필로 글을 썼다. 그건 일기일 수도 있고 상상으로 만들어 낸 이야기이기도 했으며 수취인이 없는 편지 같기도 했다. 그가 글을 쓰는지 아무도 몰랐고, 세상도 그가 글을 쓰든 말든 간에 관심도 없었다. 하지만 매일매일 부지런히 글을 썼고, 결코 그걸 다시 들춰 보지 않았다. 그날 책을 고를 때쯤 젖은 몸은 말랐다. 그럼 통풍이 잘되는 바지만 입고 달달한 망고 내음이 밴 바람을 맞으며 해바라기씨를 까먹었다. 들고

양이 한 마리가 나타나 양해도 구하지 않고 옆에 자리를 잡았다. 마치 그가 고양이의 자리를 빼앗아 불쾌하다는 표정을 지으며 그에게 야옹거렸다. 그들은 나란히 앉아 정오의 햇살을 공평히 나눴다.

이곳에 온 이후로 배가 고프지 않았다. 그는 참새처럼 조금씩 먹고 마셨다. 그렇게 지내다 보니 필요 없는 살들은 몸에서 빠져나가고 그는 점점 말라 갔지만 한편으로는 내장부터 단단해져 가는 게 느껴졌다. 그리고 항상 그림자처럼 달고 다니던 두통과 식도염의 고통도 다 잊어버렸다.

그는 자주 마을의 유일한 카페에서 책을 읽었다. 그곳에서 그와 같이 운명(기적)처럼 도시에 도착한 외지인들을 만나 이야기를 나눴다. 주로 바깥세상의 새로운 뉴스들을 전해 줬다. 그동안 중동에서 전쟁이 터졌고 몇 년째 지속되고 있던 옛 소련 땅에서 벌어진 지지부진한 전쟁 이야기와 미국 대통령선거의 결과, 그리고 그도 얼굴을 알고 있는 작가의 죽음 이야기를 들었다. 세상은 여전히 불합리했고, 상처를 주고 있었다. 간만의 소식에 마음이 혼란스러워졌지만 다행히도 그 일들이 일어나는 곳은 이곳과 너무 멀리 떨어져 있어서 나쁜 꿈 이야기를 듣는 것처럼 실감이 나지 않았고 금세 잊혔다.

거기서 버스만 갈아타러 왔다가 8년째 살고 있는 미국 출신 '케인'이라는 남자를 만났다. 케인은 이곳에서 두 번째 결혼을 했다고 했다. 지난 악몽 같았던 첫 번째 결혼은 고국인 미국에서 했었고 세 아이가 있지만 지금은 잘 연락이 되지 않고 그 자신도 그들을 거의 잊었다고 했다. 그의 부인은 이 마을 출신의 여자였다. 케인은 이곳 언어를 그녀에게 배워 이곳의 언어로 이야기를 나눴는데, 그 부부가 나누는 대화는 듀엣처럼 들렸다. 그리고 그들에게는 두 아이가 있었다. 두 아이는 이곳을 닮아 모두 아름다웠고 정말 눈이 맑았다. 그는 이곳에서 매년 책을 자비로 출판한다고 했다. 그중 한 권의 제목은 『아 유 드리밍Are You Dreaming?』이었다. 그도 케인의 책을 한 권 샀고, 케인은 책 표지에 "만약 꿈꾸고 있다면 깨지 않길"이라는 글을 남겨 줬다. 집에 와서 그의 책을 읽었다. 명상에 관한 책이라 이해하기가 힘들어 내용에 대해 평가를 내릴 수는 없지만, 제목만큼은 훌륭한 책이었다. "당신은 꿈꾸고 있습니까Are You Dreaming?"라니, 얼마나 로맨틱한 문장인가! 케인에게는 구릿빛 피부가 매력적인 몰타에서 온 제자가 있었다. 그들은 항상 같이 다녔는데, 거리에서 그들을 만나면 손을 흔들며 마을의 언어로 '모든 것은 당신 때문에 좋다'라는 말의 인사를 했다. 그럼 세 사람이 하는 인사를 지켜본 마을 사람들도 똑같은 인사를 주고받았다. 그렇게 인사만 하다 보면 반나절이 갈 때도 있었다. 마을 사람들에게 인사는 종교적으로 특별한 의미를 가진 것처럼 삶의 중요한 부분인 듯했다.

* * *

어느 이른 오전, 그는 미국에서 온 케인이 어쩌면 부처인지 모른다고 생각했다. 그에게는 심오하지만 홀가분한 무엇인가가 있었고 아주 평화로운 표정을 지녔기 때문이었다. 그런 표정은 여기 오기 전 들른 1000개 섬에 있는 사원의 불상에서 본 표정이었다. 그래서 케인이 부처와 많이 닮았다고 생각했다.

또, 그의 옆 방갈로에 살고 있는 '알렌'이라는 남자는 예수일 것이라 믿었다. 알렌은 방갈로에 한쪽 다리를 저는 '소시지'와 머물며 아리송한 냄새가 나는 잎을 피웠다. 그는 하루 종일 정자세로 앉아 '아리스토텔레스'의 책들을 읽고 있었다. 그리고 방갈로 뒤뜰에 약초들을 직접 키웠다. 날씨 때문인지 아니면 그가 예수라서 그런지 씨앗을 심으면 저절로 자라 꽃을 피웠고 뿌리도 비단뱀같이 우람했다. 그 옆에는 당근 같은 채소를 키웠는데 기적이라도 일으키는 것처럼 그의 손길이 닿으면 모든 식물들은 무럭무럭 자랐고 걷지 못하던

'소시지'도 걸을 수 있게 했다. 수확한 약초는 팔지 않고 주민들에게 나눠 주거나 자신을 방문하는 사람에게 차로 만들어 대접했다.

그런 모습에 그는 알렌이 예수일 수도 있다고 생각했다. 그도 알렌에게 말똥같이 생긴 버섯으로 만든 차를 대접받았다. 그것을 마시며 함께 어둠에 가려진 산을 보며 킹 크림슨 King Crimson 후기 음악을 들으며 말없이 앉아 있기도 했다. 신기한 건 그 버섯차를 마시면 배에 찬 가스가 빠져나갔고 미간 사이가 열리고 거기서 감춰진 세 번째 눈이 뜨이는 기분이 들었다. 그리고 입에서는 달짝지근한 맛이 났다. 언젠가 알렌이 사랑은 소중한 것이라고 했다. 대신 결혼 같은 얼간이 짓은 하지 말라고 조언했다.

그는 "그럼 사랑만 하라는 건가요?"라고 물으면 알렌은 별보다는 크고 달보다는 좀 작은 눈으로 "결혼은 사랑이 갈 곳을 잃으면 가는 마지막 벼랑이야"라고 말했다. 알렌이 사랑에 깊은 상처를 가졌는지 아니면 어떤 인생을 살았는지 자세히 들은 적은 없었지만 알렌은 그에게 늘 여자를 만나라, 사랑하라고 당부했다. 그 상대가 같은 동성의 남자라 해도 사랑하라고 했다. 사랑은 언제나 부족하고 다양한 모습이라 말했다. 대화를 나누다 보면 알렌이 소시지와 먼저 잠들었다. 담요로 알렌의 몸을 덮어 주고 자신의 방갈로로 돌아왔다. 침대에 누워 풀벌레 소리를 들으며 '좋은 여자를 만나 이곳에서 살아보고 싶다'는 생각을 하다 벌레들과 함께 고요히 잠들었다.

* * *

이곳에 오기 전 그는 선생님이었다. 학교에서 지리를 가르쳤다. 아이들은 지리에 대해 그다지 관심이 없었고, 그는 그런 아이들을 가르쳐야 한다는 것에 피로감을 느꼈다. 그래도 최선을 다했지만 아이들에게 그는 입시에 중요하지 않은 과목을 가르치는 쓸모없는 존재로 여겨졌다. 그것이 그를 우울하게 만들었다. 고난의 날들을 버티고 버티다 오 년 만에 휴가를 받아 여행을 왔다. 이 도시에 대해서 전해 들은 건 같은 숙소에 머물던 오스트리아 히피에게서였다. 긴 레게 머리를 연필로 극적이며 "어이, 브라더! 남쪽으로 가 봤자 여행객이 버린 쓰레기들만 넘쳐 나. 차라리 북쪽으로 가 보는 건 어때? 거기에는 특별한 곳이 있어. 지도에도 나오지 않는 마을인데 그곳에서 3개월을 지냈어. 평화! 그 자체야. 너도 거길 가 보지?!"라고 말하며 지도 한 귀퉁이에 그곳으로 가는 법을 대략 써 줬다.

그는 그 마을에 대해 아무런 확신도 흥미도 없었다. 그곳에 대해 들어 본 적도 없었고, 현지인들조차 그곳을 몰랐다. 그래서 계획한 대로 남쪽으로 갈 계획이었지만 한바탕 비가 내리치는 밤 남쪽에 물난리가 났다는 뉴스를 보고 계획을 바꿔 그 히피가 말한 마을을 거쳐 북쪽에 있는 국경도시로 가기로 결정했었다. 쉽지 않은 여정이었다. 열세 시간을 버스를 타고 근처 도시에서 하루를 보냈다.

다음 날 이른 아침에 하루에 세 대밖에 없다는 트럭을 개조한 버스를 타기 위해 정류장으로 갔다. 버스에는 관광객이라고는 그밖에 없었고 모두 현지인들이었다. 운전기사에게 수십 번 마을 이름을 말했지만 발음에 문제가 있었는지 아니면 외국 관광객이 아무것도 없는 그곳에 간다는 것이 대단히 잘못된 일이라고 생각했는지 그에게 자꾸 큰 도시로 가는 버스를 손으로 가리켰었다. 지치지 않고 마을 이름을 말하자 버스에 탄 현지 승객들은 10분 동안 그들끼리 토론을 한 후, 그에게 자리를 내줬다. 트럭을 개조해서 짐칸에 승객들이 순서대로 자리 잡고 쭈그려 앉아야 했다. 길 상태가 너무 엉망이라 가는 내내 허리가 부러질 것 같았고 넘어지지 않으려고 난간을 꽉 잡은 손은 피가 돌지 않아 하얗게 질렸다. 내리쬐는 햇볕에 그리고 엔진 굉음과 뇌까지 흔들리게 하는 진동 때문에 거의 실신할 뻔했을 때, 나이 든 여자가 운전석 유리창을 두들기며 뭐라고 소리 지르자 버스는 멈췄고 운전기사가 내려 짐칸으로 왔다. 나이 든 여자가 그를 가리키며 뭐라고 말했고 승객들은 그제야 그를 봤다. 하지만 그는 아찔함을 느끼고 있었기에 뭘 어떻게 대처할 여유 같은 건 없었다.

운전기사가 물통에 있는 물로 수건을 적셔 그의 머리 위에 덮어 줬다. 옆에 있는 다른 승객이 하얗게 질린 그의 손을 힘주어 펴고 다른 남자가 그를 트럭 짐칸 한편에 묶인 염소들 옆에 기대어 앉게 했다. 정신이 조금 돌아와 주변을 둘러보니 모두 그를 둘러싸고 자기들끼리 이야기를 나누고 있었다. 그는 그곳 언어를 몰라 아무 말도 하지 못하고 그저 바라만 보고 있을 때 승객 중 누군가가 그에게 "OK?"를 연발했다. 그제야 그의 상태를 묻고 있다는 걸 이해했고 희미하게 미소 지어 보이며 손가락으로 "OK" 표시를 했다. 만약 그들이 돕지 않았다면 그는 정신을 잃고 트럭 밖으로 튕겨 나갔을 수도 있었지만 승객들의 보살핌으로 그는 무사할 수 있었다. 지치고 정신이 하나도 없어서 고맙다는 말도 제대로 하지 못했다. 하지만 승객들은 당연한 일이라는 듯 별 내색을 하지 않고 다시 버스에 올랐다. 꼬박 하루가 넘게 걸려서 마을에 도착한 것이었다. 그리고 이곳을 알려 준 오스트리아 히피의 예언처럼 이곳을 정말 사랑하게 되었고 마을을 귀하게 대했다. 올 때는 사흘을 계획했지만 고민도 하지 않고 남은 여정을 전부 취소하고 이곳에 머물렀다. 학교로 돌아가지 않아도 된다면 더 오래오래 머물고 싶었다. 그리고 이게 꿈이고 꿈에서 깨지 않는다면, 여기서 모든 생을 보내고 싶다는 생각이 들었다.

마을에 대해서 소문이 나기 시작했는지 부쩍 이곳을 찾는 여행객들이 늘었다. 그래도 여전히 도시는 넉넉하고 한가로웠다. 특별한 무언가를 기대하고 온 사람들은 마을이 작고 시설이 낙후하고 관광거리가 전혀 없다는 것을 확인하고 바로 다음 날 떠났다. 반면 그런 할 일 없는 한가함을 좋아하는 사람들은 이곳에 오래 머물렀다. 그들 중에 히피 무리들도 있었다. 외모부터 모두 범상치가 않았다. 문신으로 뒤덮인 피부와 뱀이 똬리를 튼 것 같은 지저분한 머리 그리고 오색찬란한 천으로 만든 누더기 옷만 봐도 누구나 그들이 당연히 히피인지 알아챌 수가 있었다. 그들은 밤에 모여서 불이 붙은 나무 봉을 돌렸고 오전에는 요가를 했으며, 틈만 나면 이름조차 생소한 악기를 연주했다. 다른 사람들에게 피해를 주지 않고 마을 외곽을 흐르는 하천에서 그들은 공동생활을 했다. 그렇다고 해서 폐쇄적인 건 아니었다. 누구라도 언제라도 그들과 이야기를 나눌 수 있었고, 그들에게 '디저리두'의 연주법을 배울 수 있을 정도로 순한 사람들이었다. 그들은 늘 이렇게 적힌 천을 깃발처럼 가지고 다녔다.

"동쪽도 환영한다. 서쪽도 환영한다. 남쪽도 환영한다. 북쪽도 역시 사랑한다."

때때로 거리에서 그들을 만나면 반갑게 인사를 나눴다. 언제나 인사는 같았다. "안녕. 오늘은 별일 없어?" "어. 물어봐 줘서 고마워. 너도 안녕. 오늘도 날씨가 뜨겁네. 이따 폭포에 가서 수영을 하려고. 뭐? 너도 그럴 생각이라고. 그럼 거기서 만나." 이런 식이었다.

꽤 가난한 마을이었다. 주민들은 퍼즐 조각처럼 흩어진 논에서 농사를 짓거나 정글에서 과일을 따 와 말려서 격주로 한 번 근처 도시에 내다 팔았다. 색 바랜 낡은 옷을 입어도 창문에 유리도 없는 집에 살아도 그리고 자동차가 없어도 그들은 별로 상관하지 않았다. 왜냐하면 이곳에는 부자가 없기 때문이었다. 모두가 고만고만하게 살아 그들의 처지를 비교할 상대가 없기도 했다. 지금은 화석으로 남은 공산주의의 올바른 이상을 실천하는 공동체 같았다. 만약 누군가 차를 가지고 있으면 그 차는 마을 사람들이 모두 빌려 쓸 수 있었고 밭을 갈 수 있는 트랙터가 있다면 그것도 빌려 쓸 수 있었다. 하다못해 자전거조차 함께 썼다. 하지만 잡초를 깎는 제초기는 이야기가 달랐다. 하루 아니 매 순간 자라는 잡초는 선한 주민들에게도 골칫거리여서 제초기는 모든 집에 다 있었다. 그리고 2주를 지내 본 결과 이곳에서는 작은 돈만 통용 된다는 것을 알게 되었다. 만약 그가 큰돈을 낸다면 상점 주인은 곤란한 표정을 지으며 당장은 바꿔 줄 돈이 없으니 다음에 달라고 했다. 이렇게 마을에서 믿음은 하품처럼 자연스러운 것이었다. 그는 마을의 은행에 가서 자신이 가진 돈 대부분을 작은 돈으로 바꿨다. 돈을 바꾸고 나니 지갑은 터질 만큼 빵빵해졌고 바지 주머니에서는 동전들이 짤랑거리는 소리를 냈다. 주민들은 그를 부자 여행객으로 대하거나 다른 도시들에서 그랬던 것처럼 그에게 바가지를 씌우려고 혈안이 되지도 않았다. 사실 돈이 있어도 쓸 곳도 딱히 없었다. 상점에는 물건이 많지 않아서 무엇을 살지 고민할 필요가 없었다. 그냥 필요한 물건을 사면 그만이었다. 같은 샴푸, 같은 세제와 치약, 정체를 알 수 없는 음료수와 과자들 그리고 모기향과 담배까지도 한 가지 선택지밖에 없었다. 처음에 왔을 땐 선택의 여지가 없다는 것에 적응하기 힘들었지만 곧 그것이 더 편해졌다. 그도 주민들처럼 물건의 본래 쓸모에 대해서 생각하지 외관이나 브랜드에 대해서 깊게 생각하지 않게 되었다. 이내 그에게서도 마을 사람들과 같은 오이 비누 냄새가 나기 시작했다.

마법에 걸린 것처럼 이 마을에선 혼자가 오면 둘이 되었다. 모두 사랑에 빠졌다. 같은 여행자끼리 아니면 여행자와 마을 여성, 마을 남자와 커플이 되었다. 그건 정말 로맨스 영화에서나 일어날 법한 일이었다. 그러나 그는 혼자였다. 조용히 자신의 일상을 보내며 어느 날 나타날지 모르는 운명의 상대를 기다렸다. 주민들이나 다른 여행객들은 그에게 "혼자만 있는 건, 좋지 않아"라며 걱정해 주기도 했다. 마치 그가 큰 병에 걸린 환자처럼 말이다. 그런 말을 들을 때면 그는 미소를 띤 채 딴청을 했다.

마을의 그런 커플 중에 이탈리아에서 온 '마르코'와 다른 도시 출신의 '넛'이 있었다. 커플은 아늑한 레스토랑인 '뱀부 브리지'를 운영했다. 대나무 건물로 지어졌고 무지개 깃발이 여기저기 걸려 있었다. 그들은 동성애자라는 걸 자랑스럽게 생각했고 주민들도 그들을 존중했다. 한낮에 마르코는 레스토랑 길가에 호수로 물을 뿌리고 있었고 넛은 칼과 포크를 닦고 있었다. 그가 인사를 하며 들어가면 넛이 아이스커피를 내왔다. 그럼 셋이 대나무 테이블에 앉아 별일 없는 일상에 대해 이야기를 나눴다. 마르코와 그의 연인인 넛은 이 마을에서 지내다 만났고 둘이 사랑하게 되어 마을에서 이탈리안 레스토랑을 시작한 지 이제 2년이 되었다고 했다. 맛은 평범했지만 그래도 그 커플이 정성스럽게 요리했기에 그는 언제나 음식을 남기는 법이 없었다.

그리고 모스크바에서 온 '푸치'와 '레'도 있었다. 그들은 책방을 했다. 그곳은 마을의 유일한 책방이었다. 이곳에는 전 세계의 언어로 된 책들과 소소한 필기구를 팔았다. 그는 책방을 이곳 출신의 부인 '레'와 운영했다. 마을에는 책을 읽는 사람이 많지 않았지만 그런 것은 상관없었다. 푸치는 책방이 없는 마을은 말도 안 된다며 고집스럽게 책방 영업을 했다. 수입 대부분은 책방 한편에서 '레'가 옷을 수선하고 세탁을 해 주는 일로 벌었다. 그도 일주일에 한 번 그곳에 빨래를 맡겼다. 직접 빨아 입을 수도 있었지만 그는 레가 세탁해 주는 옷을 좋아했다. 거기에는 열대의 달짝지근한 향기가 배어 있었고 옷의 끝자락에는 다른 사람들 옷과 구별하기 위해 색이 있는 실로 X 표시가 되어 있었는데, 그는 분홍 실로 된 X 자였다. 그 표시가 된 옷을 입을 때마다 그것이 온전히 자기의 소유라는 사실이 마음에 들었고, 그 표지를 위해 바늘로 꿰매는 그녀의 배려 있는 손놀림이 상상되어서 좋았다.

오토바이를 빌려 마을 외곽을 달렸다. 그래 봤자 동네 한 바퀴 도는 데 20분이면 충분했지만 그는 꼼꼼하게 달리고 창의적으로 새로운 길을 찾았다. 햇살은 언제나 따가웠고 불어오는 바람은 시냇물처럼 공기 중에서 달리는 그에게 흘러오듯 불어왔다. 그리고 등줄기 따라 흐르는 땀의 느낌도 좋았다. 그날도 마땅한 목적지도 없이 오토바이로 달려 언덕을 올랐다. 해가 막 서쪽으로 지려는 찰나에 작은 공터에 모여 있는 염소 떼를 보고 오토바이를 한쪽에 세우고 보니 마을이 내려다보이는 언덕 중턱이었다. 이후 그는 자주 그곳을 찾아갔다. 염소들은 풀을 뜯고 그는 담배를 피우며 마을을 내려다보며 저기 어딘가에 부처나 예수가 함께 이웃으로 살고 있을 수도 있다고 상상을 했다. 부처와 예수는 더위를 피해 가게 앞 테이블에 마주 보고 앉아 앞으로 다가올 우기에 대해 이야기를 나누거나 자신들이 가르치는 사랑에 대해 의견을 나누고 있을지도 모를 일이라고 생각했다.

그는 부처든 예수든 신은 없다고 생각하는 타입이었다. 종교 같은 건 그에게 전혀 중요한 문제가 아니었다. 그도 종교를 가지고 있었다. 몇 해 전까지 기독교인이었다. 하지만 그의 엄마가 3년 반 동안 암으로 고생만 하다 재작년에 돌아가셨을 때 그는 믿음을 놓아 버렸다. 하지만 종교를 버렸다고 해서 신의 존재를 믿지 않는 건 아니었다. 그저 신과 그가 서로 모른 척하며 각자 살기를 바랄 뿐이었다. 하지만 이곳에 와서 그는 천국을 발견했고, 어쩌면 신을 실제로 만났을지도 모른다고 생각했다. 그렇다고 그것이 영적 체험 같은 것은 아니었지만, 어쩌면 기적이라 부를 수 있을 순간을 보고 있다고 믿었다.

이곳의 시간은 무한히 반복되었다. 매일매일이 일요일 정오같이 느긋했다. 그렇게 시간을 잊어 가고 있을 때 그는 달력을 확인하고 자신이 이곳에 머문 지 벌써 두 달이 넘어가고 있다는 사실에 깜짝 놀랐다. 시간이 이다지도 빠른지 알고는 있었지만 여기서 보낸 시간은 정말로 찰나 같았다. 사람들은 이젠 그를 완전히 마을의 일원으로 받아들여 줬고, 간혹 아직도 집으로 돌아가지 않았느냐고 물으며 신기하게 생각했다. 정말 이제 그는 집으로 그리고 일터인 학교로 돌아가야 할 때였다. 하지만 그는 그러고 싶지 않았다. 인간에게 주어진 물리적 시간이 당장 정지하기를 이 마을에 사는 모든 신들에게 간절히 빌고 싶었다. 당연히 시간은 멈추는 법이 없었고 계속 앞을 향해 가고 있었다. 돌아갈 생각을 하니 마음이 조급해졌다. 하지만 이런저런 이유와 변명거리를 만들어 떠나는 걸 최대한 유보하고 있었다. 때때로 그의 가족이나 친구들이 전화를 걸어 "그런 촌구석에서 왜 아직도 안 돌아오느냐"라고 물었지만 그는 이곳에서 자신이 매 순간 느끼는 평온함에 대해서 그 어떤 말로도 설명할 수 없어서 그저 "곧……"이라는 애매한 말만 되풀이했다.

마을에서 가장 큰 삼거리 노점에 앉아 수박주스를 마시며 오가는 사람들을 바라보고 있었다. 모두들 천천히 걸었고 따가운 한낮의 태양도 피하지 않고 다녔다. 간혹 눈이라도 마주치면 오래전부터 알았던 사촌을 만난 것처럼 반갑게 웃으며 다가와 현지어로 말을 걸었다. 현지 말을 몰라 그저 웃음으로 답할 수밖에 없었다. 늘 그 점이 안타까웠다. 만약 그들의 언어를 이해할 수 있었다면, 마을에 대해 그리고 사람들의 생각을 더 많이 이해했을 것이라고 생각했다. 노점상 주인은 자신이 먹으려고 깎은 망고를 내밀었다. 망고는 노랗고 달달했다. 맛있다는 표정을 지으며 고맙다고 인사를 했다. 주인은 아무것도 아니라는 듯 웃으며 파리채로 과일에 앉은 파리를 쫓았다. 언젠가부터 그도 이 마을 사람들처럼 옷을 입고 있었다. 통이 넓고 허리를 끈으로 묶어 골반에 걸쳐 입는 바지와 웃옷도 넉넉하게 가슴이 V 자로 파이고, 팔소매가 풍성한 옷을 입었다. 신발은 시장에서 파는 고무 슬리퍼를 신었다. 그는 나무껍질과 줄기로 엮어서 만든 바스켓백에 책과 노트만 넣고 다녔다. 카메라나 노트북 같은 건 필요도 없었고 쓸 일도 없었다. 인터넷은 되는 곳이 많지 않아 유튜브나 다른 소셜미디어도 보지 않게 되었다. 그의 안부를 궁금해할 사람도 있겠지만 대부분은 안 보이면 잊어버리기 마련이니 상관하지 않기로 했다. 솔직히 그 역시 다른 사람들의 안부가 그다지 궁금하지도 않았다. 정확히 말하면 이 마을에 온 이후로 자신에게 집중하느라 세상 사람들에 대해 잊어버렸다. 그는 인터넷을 사용하지 않고 전화가 오지 않는다는 것이 마치 그림자가 없어진 사람처럼 가볍고 홀가분했다. 물론 인터넷과 전화기 때문에 처음에는 답답해 미칠 지경이었지만 시간이 지남에 따라 바깥세상에서 스민 독을 빼내듯, 그는 서서히 순결해졌다.

주말이 지나고 나서부터 하루에 한 번 비가 내리기 시작했다. 대단한 비였다. 비가 어찌나 세게 내렸던지 마을을 연결하는 도로는 산사태로 끊겼고 더불어 전기까지 끊겼다. 그 상태로 마을은 사흘 동안 고립되었다. 본격적인 우기였다.

우기 시작의 징후는 먹구름이 몰려오면서부터다. 그다음에는 바람이 강하게 불었다. 바람 속에는 나뭇잎과 모래 알갱이가 실려 얼굴을 날카롭게 스쳤다. 그럼 각종 풀벌레들이 자신들이 감당할 수 없을 정도로 압도하는 재앙을 피하려고 방 안으로 몰려와 자리를 잡았다. 그러고 나면 돌풍이 잦아들기 시작하면서 들이붓듯 비가 내렸다. 쏟아지는 비는 나무 잎사귀들을 내리쳤고 슬레이트 지붕을 두들겨 팼다. 그 소리는 일정해서 비트가 강한 일렉트로닉 음악 같았다. 비가 내리기 시작하면 공기는 눅눅해져서 방갈로 옆 하천에 사는 물고기들이 앞문으로 들어와 창문으로 헤엄쳐 나갈 지경이었다. 우기의 최고는 천둥번개였다. 우선 천둥소리는 하늘이 반으로 쪼개지는 듯한 소리가 났고 몇 분 후 붉은 번개가 지상을 향해 내리꽂혔다. 그건 진정 볼 만한 광경이었다. 그러고 나면 하늘은 비를 더 내릴지 아니면 이제 멈출지 망설이는 것 같았다. 그다음에 무엇이 올지 그는 가만히 기다렸다. 만약 소나기 다음에 올 것이 또 있다면, 눈이 빠지도록 고대하던 누군가였으면 좋겠다고 그는 생각했다. 살아오는 동안 대부분 외로웠지만 이곳에서 우기를 지내니 더 외로웠다. 외출하지 않고 온종일 방갈로를 서성거리며, 잊고 지내던 예전 여자들을 기억에서 되살렸다. 지난 여자들은 모두 아름답고 소중했다. 낯선 도시에 내리는 빗소리를 들으니, 결국 그녀들을 놓쳐 버린 일들이 그의 전생에 큰 업보로서 지금 여기서 대가를 치르는 것 같아 크게 한숨을 내쉬었다.

정말 떠나야 했다. 더 이상 시간을 미룰 명분도 그리고 여유도 없었다. 일상의 중력이 그를 세상 쪽으로 끌어당겼다. 그는 사람의 기억이라는 것은 얇다고 생각했다. 그건 마치 초봄에 언 개울의 살얼음처럼 작은 새가 날아와 앉아도 금방 깨지고 연약한 햇볕에도 쉽게 녹듯이 사라질 거라는 것을 알고 있었다. 그래서 떠나기 전날 타투이스트를 찾아가 팔에 "모든 건, 당신 때문에 좋다"라는 말을 대나무 바늘로 새겼다. 그것이 천국 같은 마을과 여기서 만난 사람들을 기억하는 방식이었다.

그는 이곳에서 자신이 어떤 사람이었는지 알아챘고, 처음으로 은하수를 가로지르는 반딧불도 보았다. 다시 집으로 돌아가면 사람들은 물을 것이다. 어디 갔다 왔느냐고. 그는 긴 말 대신 팔의 문신을 보여 줄 것이다. 그들은 낯선 언어로 쓰인 그게 무슨 의미인지 모를 테지만 절대 알려 주지 않을 것이다. 그렇게 살아가다 고대하던 인연이 나타나면 그녀에게만 말해 줄 것이다. 지도에도 없고 주소도 없었던 그 마을에 대해서. 그리고 어느 비 오는 날 그녀에게 맹세할 것이다. "그곳으로 가자"라고 말이다. 그땐 잠시가 아닌 영원히가 될 것이다.

그는 뒤를 돌아보지 않았고 트럭 버스를 타고 도시를 벗어났다. 올 때처럼 구불구불한 산악 도로를 달렸다. 차는 규칙적으로 움직였고 그것이 그를 난간에 기대어 잠들게 만들었다.

철학자 오토 바이닝거는
스물세 살에 베토벤이 죽었던 집을 빌려서
"천재가 아니면 죽음을"이라는 글을 남기고
심장에 권총을 쏘았다.

리처드 브라우티건은 미국의 소설가로,

현대 문명인의 잃어버린 꿈들, 허무에 관한 글을 썼다.

한동안 소식이 없던 그를 찾기 위해 출판사가 사립 탐정을 고용해 그의 행방을 추적했고,

외딴곳에 있던 그의 집 거실에서 권총으로 자살한 그를 발견했다.

시신의 훼손이 심해 사망일을 특정할 수 없었기에

그의 묘비에는 죽은 날이 표시되어 있지 않다.

헌터 S. 톰슨은 작가 겸 저널리스트였다.
그는 권총 자살했다. 그의 유언은 "지구에 묻히고 싶지 않다"였다.
조니 뎁과 그의 친구들이 그의 시신을 아리조나 사막에서 화장했고,
톰슨의 유언대로 그 재를 로켓에 실어 지구 밖으로 날려 보냈다.

재즈 뮤지션 쳇 베이커는 노년에 암스테르담으로 공연을 갔다가
약물에 취해 호텔에서 뛰어내려 생을 마감했다.
하지만 약물과 알코올에 중독되어 변해 버린 베이커의 외모를
사람들은 알아보지 못했고, 그 시체는 부랑자로 기록되었다.
사라진 베이커는 실종 처리했지만, 시간이 흐른 후에야 시체의 신분을 파악해,
쳇 베이커의 사망 소식을 공식적으로 알렸다.

자살은 유전되는가.

헤밍웨이는 스스로 엽총으로 머리를 날려 버렸다.

그의 할아버지, 아버지 역시 총으로 자살했다.

그의 누이 두 사람 역시 자살했고,

친손녀도 할아버지 헤밍웨이가 죽은 날 총으로 자살했다.

커트 코베인은 마지막에 남긴 글인

닐 영Neil Young의 〈헤이 헤이, 마이 마이Hey Hey, My My〉 노랫말을 다음과 같이 썼다.

"서서히 사라지는 것보다는 차라리 한 번에 불타는 것이 낫다."

체스터 베닝턴은 말했다.

"천사처럼 노래하고, 악마처럼 울부짖고, 사나이로 살아왔으며, 전설로서 눈감다."

비트겐슈타인의 형제 중 맏형은 미국에서 실종됐고(자살로 추정),
둘째 형은 제1차세계대전에서 부하들이 명령을 듣지 않는다고 자살했고,
셋째 형은 청산염을 마시고 자살했다.
비트겐슈타인 역시 그의 일기와 편지에서 추정해 볼 수 있듯,
평생 자살에 대한 강박관념에 시달렸다.

인도의 힌두교도들은 사람이 죽고 나면 열두 시간 안에
화장해서 갠지스강에 뼈를 뿌려야 그 사람이 환생하지 않고 무(해탈)로 돌아간다고 믿었다.
죽음을 앞둔 사람과 그 가족들은 열두 시간 안에 장례를 치르기 위해,
기원전부터 모여 살기 시작한 곳이 바라나시라는 도시가 되었다.
화장터 세 곳에서 평균 240구가 화장되어 갠지스강에 뿌려진다.
바라나시에는 죽음을 기다리는 사람을 위한 사원이 있다.

에베레스트산 8000미터부터를 '죽음의 구간'이라고 부른다.
2023년 조사한 바에 따르면 그곳에 대략 시체 200구가 있다고 한다.
험하고 높은 산이기에 헬리콥터가 뜨지 못해서, 시체를 사람이 직접 옮겨야 하는데
그 비용은 대략 1억 3000만 원으로 실행에 옮기기 어렵다.
낮은 기온에 바람에 머리카락이 휘날리는 채로 얼어붙은 시체들은,
마치 살아 있는 사람이 쉬는 모습처럼 보이기도 한다.

블라디미르 코마로프Vladimir Komarov 소령은
미국과의 우주 경쟁에서 소련의 우위를 선전하기 위해 무리하게 추진된
첫 우주 도킹 및 지구 귀환 미션의 조종사였다.
그는 미션의 위험성을 발사 전까지 강력하게 지적했지만,
소련 정부는 체제 선전을 위해 강행했고 결국 코마로프를 실은 로켓은
지구 지면에 충돌했고, 코마로프는 사망했다.
"너희들이 한 짓을 똑똑히 보라."
이것이 그가 남긴 마지막 무선 메시지였다.

27세클럽.

에이미 와인 하우스, 커트 코베인, 짐 모리슨, 지미 헨드릭스, 재니스 조플린.

모두 음악계에 큰 영향을 미친 뮤지션들이다.

이들의 공통점은 모두 스물일곱 살에 자살했다.

그들의 비극적인 죽음은 대중문화에 깊은 영향을 미쳤고,

이 유명 아티스트들은 "27세클럽"으로 불린다.

이들은 모두 짧은 생애 동안 강렬한 예술적 영향을 남겼다.

4부.

영혼의 집

죽음은 우리와 아무 상관이 없으며,
죽음은 어떠한 의미도 지니지 못한다.
정신의 본질은 유한한 것으로서
인식되어야 하기 때문이다.

— 티투스 루크레티우스 카루스Titus Lucretius Carus

마치 내가 거기 없는 사람처럼

정말 필요한 말이 아니면 내게 말을 걸지 않는다. 마치 내가 거기에 없는 사람처럼 대한다.

나의 문제일 수도 있다. 내가 그들에게 좋은 이미지를 보이지 못해서 그럴 수도 있고, 내가 그들의 인생에 아무런 영향을 주지 않는다는 것을 알거나. 아니면 내가 그들의 자리를 빼앗으러 온 침략자라고 생각해서 그럴 수도 있다.

첫날부터 그들이 내게 보이는 무시에 대해 진지하게 생각했다.

그래서 더 큰 소리로 인사를 하며 웃어 보이고, 그들이 하기 싫어하는 일들, 예를 들어 런치 타임의 설거지는 시키지 않아도 내가 알아서 도맡았으며, 업무와 관련된 일을 괜히 물어보기도 했다. 그래도 그들의 태도는 변하지 않았다. 나는 그게 제일 힘들었다. 아홉 시간 중 한 시간 휴식 시간을 뺀 여덟 시간 동안 나는 눈치 받는 콩쥐처럼 일했다.

* * *

재작년에 대학원을 가려고 준비했다. 하지만 중고등학생 때, 그리고 대학생 때도 공부라는 것을 제대로 해 본 적 없는 내가 다시 공부를 시작한다는 것이 영 내키지 않았다. 솔직히 공부를 할 집중력도, 책상 앞에 앉아 있을 참을성도 없었다.

설사 대학원에 가서 석사가 된다 해도, 나의 미래가 극적으로 바뀔 것 같지도 않았다. 갈 것이었으면 진작 갔어야 했다. 마흔다섯 살에 시작해서 석사를 운 좋게 바로 따도 나는 마흔일곱 살이 될 것이고, 이왕 하는 김에 박사까지 공부한다면 나는 거의 오십 대가 되어 있을 것이다.

"평생 공부" "평생교육" "공부에는 때가 없다" "어릴 때 못한 공부가 한으로 남아 팔십 대에서야 공부하는 어르신들"

좋은 말이다. 하지만 나에게 해당되는 말은 아니다. 나는 어릴 때부터, 모르던 것들은 경험을 통해 배웠고, 몸을 움직여서 감정을 느꼈다. 누구보다 내가 더 잘 알고 있다. 책상에 앉아 책을 보며, 집중해서 공부하는 타입은 아니었다. (초등학교 때부터 최선을 다했다고는 할 수 없지만 진심과 자존심을 다해 공부했어도, 나는 반에서 30등 위로 올라간 적이 없었다. 이것은 결국 머리, 아니 더 근본적으로 의지의 문제이다.)

변명 따위가 아니다. 정말 그렇다. 대학원에서 공부하는 것을 관둔 이유 중 하나는, 대학원에 가서 공부할 것이 마땅히 없다는 것도 있었다. 대학교 전공을 살려 '관광경영학'을 공부한다고 해도, 중년이 넘어선 지금에 와서 이는 그다지 내게 필요하지 않을 것이다. 그나마 내가 선택할 수 있는 공부는 지금까지 해 왔던 글쓰기와 밀접한 '문예창작학'이나 '국문학' 정도였다. 그래서 그 전공을 대학원에서 공부하기 위해 시험도 봤었다.

그런데 전공 교수 면접에서 떨어졌다. "그동안 배우지 않고 글 써서 책도 낸 분이…… 순수문학을 하게요?"라는 질문에 "순수문학을 하고 싶다기보다는 더 잘 쓰고 싶어서요"라는 대답을 한 나의 이야기가 마음에 들지 않았는지, 아니면 나의 글을 보고 싹수를 발견하지 못했는지 떨어졌다.

그래서 내가 선택한 것은, 학교에서는 배울 수 없는 살면서 해 보지 않은 일들을 하기로 결정했다. 그것이 나의 몸을 움직여서 돈을 버는 일이었다.

* * *

큰 쇼핑몰에 있는 패밀리 레스토랑의 서버로 일했다. 규모가 있는 패밀리 레스토랑이었다. 테이블은 100개 정도 있었고, 주방장들, 매니저들, 점장을 빼고, 나와 같은 일을 하는 서버만 보아도 한 타임에 스무 명이 일하는 곳이었다. 이렇게 많은 사람들이 일한다는 건, 그만큼 손님이 많아서 바쁘다는 의미다.

물론 힘들었다. 여덟 시간 동안 서 있으면서 한순간도 쉬지 않고 부지런히 손과 발을 움직여야 했다. 주방은 늘 정신없이 돌아갔고 음식이 나오면 박씨를 물고 흥부에게 날아가는 제비처럼 서버들이 손님 테이블로 서빙했다. 문을 열고 닫을 때까지 계속 반복되었다.

나는 주로 서버들을 백업하는 일을 했다. 서버들이 가지고 나가는 식기인 접시나 잔, 얼음, 빵, 각종 소스들이 떨어지지 않게 미리 준비하는 일을 주로 했다. (메뉴 시험, 각종 교육을 받고 경력이 쌓여야만 손님 앞에 나갈 수 있다.) 주방은 협업이 잘되었고 함께 일하는 사람들의 분위기도 화기애애했다.

나만 빼고 말이다. 나는 거기서 왕따였다. 그렇다고 그들이 합심해서 나를 괴롭혔던 것은 아니다. 다만 무시로 일관했다. 아무도 내게 관심이 없었다. 마치 나라는 존재는 보이지 않는 것처럼 행동했다. 그들 나이가 평균 스물여섯 살이었고, 나는 마흔 중반이었으니까. 그들이 보기에 나는 그곳에서 얼마나 이질적인 존재였겠는가!?

나를 뭐라고 불러야 할지, 호칭을 어떻게 해야 할지, 그들이 내게 일을 어디까지 시켜야 될지, 무엇보다 삼촌뻘 되는 나와 어떤 이야기를 나눠야 할지를 몰랐을 것이다. 그래서 그들에게 나라는 존재는 대하기 어렵고 부담스러운 존재였을 것이다.

그때도 그를 이해하지 못했던 것은 아니었다. 지금 불편한 시간을 견뎌 내고 그들에게 내 존재가 익숙해지면 자연스럽게 나를 받아 줄 것이라고 생각했었다.

그러다 우연히 들은 그들의 대화에서, 나이가 많은 나를 한심하게 생각한다는 것을 알게 되었다. "저 아저씨는 저 나이에 왜 여기서 일한대?"

나는 서빙 일을 부끄럽게 생각하지 않았다. 오히려 귀한 경험이라고 생각해서 특별하게 여겼다. 하지만 그들은 내 나이에 이런 곳에서 서빙하는 것은, 성공하지 못한 어른의 결말로 보는 것 같았다. 이런 일은 앞으로 많은 가능성이 있는 그들이 한때의 아르바이트로 하는 일인 것처럼 말했다.

어쩌면 그동안 쌓였던 피해의식으로 내가 그렇게 받아들

인 것일 수도 있다. 하지만 내가 직접 들은 그들의 말투에는
그런 비아냥거림이 분명히 있었다. 나는 그런 게 아니라고
항변하고 싶었다.

　나만의 이유가 있어. 나는 그저 이제까지 살아온 방식이 아
닌 다른 방식으로 세상을 바라보고 싶었고, 그렇게 살아 보
는 것을 실험해 보고 싶었어. 그리고 너희가 생각하는 것만
큼 우리가 사는 세상은 완전하지 않아. 늘 인간은 경계에 가
깝게 서 있어. 그래서 얼마나 쉽게 그 경계에 걸려서 스스로
의 한계를 느끼는지 너희는 아직 모를 뿐이야.
　어쩌면 이런 세상을 만든 건, 모두 기성세대 때문이라고 생
각하겠지? 하지만 너희는 뭘 했는데?! 너희는 기성세대가 만
들어 둔 것을 당연한 듯 받아서 누리면서 불만만 말할 뿐이
잖아. 어른들이 너희 자신들을 이해하지 못한다고 생각하지.
그건 우리도 마찬가지야. 어른들도 너희가 우리를 이해하지
못하고 그저 불평만 하고 있다고 생각해. 어른이라면 이미
모든 것을 다 이뤄서 성공했어야 할까? 안정적이지 않다고
실패한 것은 아니야.
　이 불안정한 시대에는 너희도 우리도 모두 불안해. 자신만의
방식을 찾아가야 해. 그리고 나이가 든다고 무조건 어른이
되는 것은 아니야. 어른이어도 방황해. 그것이 인간인 거야.

"산다는 것 자체가 부조리인지도 모른다"라고 말한 사람은 카뮈였어.

내가 하는 말을 이해할 마음이 너희에게 있을지 모르겠다. 어쩌면 이 나이에 서빙이나 하는 능력 없는 어른의 한탄으로 생각하겠지? 하지만 어느 날 산다는 것은 나이와 상관없이 모두에게 쉽지 않다는 것을 알게 될 거야. 행여나 그런 날이 온다면 나를 떠올려 봐라. 그때 이 아저씨가 어땠는지…….

일을 그만뒀다. 그리고 그동안 내 글이 늘 똑같은 말만 하는 것 같아 재미없어서 미뤄 뒀던 글쓰기를 다시 시작했다. 문장이 한 줄 한 줄 늘어날수록 입에 침이 오랜만에 고였다. 옛날처럼 글 쓰니 흥분감에 속이 쓰렸고 얼굴에서 미열이 나기 시작했다.

이것은 내게 좋은 징후의 고통이다. 대학원, 몸으로 하는 일. 모두 내게 맞지 않는다. 내게는 쓰는 일, 이것밖에 없는지도 모른다.

○
물론 저 말을 그들에게 하지 못했다.
다만 나같이 헤매지 않기를 바란다.

니체의 낙타와 모세 산을 오르며

달 한쪽 뜨지 않아 모든 것이 밤의 어둠에 가려져 아무것도 보이지 않는다. 그저 나보다 앞서 떠난 행렬의 뒤꿈치만 보고 따라 올라간다. 호흡은 점점 목까지 차오르고 폐는 찢어질 것만 같다.

담배를 너무 피웠나? 너무 누워만 있어 체력 관리를 제대로 하지 못했다. 이제 겨우 5분의 1만 올라왔을 뿐인데 내 몸은 비명을 지르고 있었고 멘털은 깜빡거리는 알전구처럼 오락가락한다. 그런데 다른 사람들은 잘만 올라간다.

그러다 돌부리에 걸려 넘어져 주저앉았다. 무너져 내린 바벨탑처럼 내 몸은 다시 움직여지지 않았다. 내 방탕했던 생활에 대한 답이었을까. 나는 주저앉아 점점 멀어져 어둠 속으로 사라지는 행렬을 바라본다. 아무도 나의 낙오에 대해 신경을 쓰지 않는다. 나는 홀로 산에 남겨졌다.

까만 하늘을 올려다보니 별이 무척 많이 떠 있었다. 그것은 참 경이로운 광경이었다. 한참을 별들을 보며 거칠게 호흡했다. 그때 거대한 숨소리가 들렸고 큰 물체가 내게 아주 느리게 다가오는 것이 느껴졌다. 내게 거의 다 왔을 때 고개를 돌려 보니 거기에는 베두인이 이끄는 낙타 한 무리가 있었다.

그와 낙타들은 돌바닥에 무기력하게 앉아 있는 내게 낙타에 타라고 했다. 거친 손을 내밀어 나를 일으켜 세웠고, 낙타 한 마리에 태웠다.

낙타는 베두인 목동의 명령에 내가 올라탈 수 있게 몸을 낮추더니 내가 올라타자 내 몸의 무게 때문이었을지, 아니면 그들의 지친 여정 때문이었을지, 아주 힘겹게 몸을 일으켰다. 낙타는 생각했던 것보다 더 거대한 동물이었다.

낙타 등에 앉아 나는 천천히 산을 올라갔다. 정확히는 낙타가 오르기 시작했다. 낙타는 서두르는 법이 없었다. 그저 자신의 페이스대로 걸었다. 낙타 등 위에 앉아 나는 그제야 여유가 생겨 주변을 둘러봤지만, 우리밖에 없었다.

나는 내 체력이 왜 이렇게 약해졌는지, 히말라야까지 다녀

왔으며 웬만한 산은 잘 올랐는데 왜 높지도 않은 이 산에서 내가 주저앉아 있었는지에 대해 생각해 봤지만, 별다른 이유를 찾지 못했다. 그저 그동안 내가 많이 약해졌다는 것뿐 다른 이유는 없었다.

다섯 걸음 걷고 낙타는 깊은 한숨을 내쉬었다. 그럴 때마다 내 몸도 그걸 느낄 수 있었다. 낙타도 힘들어하고 있다. 괴로울 것이다. 하지만 다른 사람의 짐을 짊어지는 것이 낙타의 운명이다. 이런 생각을 하다가 나는 울었다.

자기 관리를 하지 못해서 나약해진 나 때문에, 무거운 나를 태우고 산을 오르는 낙타에게 미안해서 울었다. 낙타 등 위에 앉아 있으니 낙타가 무슨 생각을 하고 어떤 기분을 느끼는지 알 것만 같다. 불만도 불평도 없다. 그저 힘겹게 걸을 뿐. 타고난 자신의 운명을 저주하지도 않는다. 그래서 더 미안했다.

니체가 말한 초인 사상에 등장하는 첫 번째는 낙타다. 낙타는 평생 남의 짐을 짊어지고 살아야 하는 존재로, 니체는 낙타 단계를 인간 발전의 시작점으로 보았지만, 궁극적으로는 이를 넘어서야 한다고 설명했다. 두 번째는 사자이고 마지막은 어린아이다.

＊＊＊

그 밤 낙타를 타고 돌산을 오르며 왜 니체가 생각났는지 알 수 없다. 나는 다만 내가 너무 싫었다. 마음대로 아무렇게 살아온 내 삶이 싫었고, 내 몸 하나 관리하지 못한 내가 한심했으며, 분명 가지고 있었던 패기와 허세조차 사라져 무기력한 내가 쓸모없다고 생각했다. 낙타 등에 앉아 마냥 울고 있는 나라는 인간을 다른 순례객들이 모르는 체해 주기를 바랄 뿐이었다.

살면서 많은 것을 잃기도 하고 새로운 것을 깨닫기도 하고, 자신에게 일어나는 새로운 상황을 인정하기도 한다. 그것이 나이 듦일 것이다. 그런데 나는 그중 아무것도 인정하지 않는다. 나이는 숫자에 불과하고, 비록 나이가 들지언정 본질은 변하지 않는다고 생각했다. 하지만 그때 나는 낙타 위에서 아이처럼 울었다.

아마도 내가 운 이유는 나이 들어 감에 따라 내가 정신적으로나 육체적으로 그동안 얼마나 약해졌는지를 알았고 지금의 나는 더 이상 예전의 내가 아니라는 것을 알았기 때문이다.

모세는 이 산 정상에서 하나님의 계시를 받았다고 한다. 많은 사람들은 이곳에서 모세가 그랬던 것처럼 밤에 산을 오르기 시작해 새벽에 정상에 도착해서 태양이 뜨는 것을 바라본다. 이곳은 신의 존재가 느껴지는 성지라고 한다.

그동안 과학을 최고의 진리로 믿고 내 이성과 직관을 우선으로 여기며 살아왔지만, 항상 공허했고 더 많은 의심이 들었다. 그래서 논리적으로는 설명할 수 없는 신의 흔적을 느껴 보고 싶었다.

낙타를 타고 겨우 정상 근처까지 올랐고, 거기서부터는 어떤 누가 와도 직접 정상까지는 걸어야 했다. 낙타에서 아낀 힘으로 나는 힘겹게 기다시피 해서 결국 정상에 올랐다. 그때는 이미 태양이 떠올라 어둠에 가려져 있던 풍경들이 보였다. 산 정상에는 거침없이 바람이 불고 있었는데, 그 바람이 얼마나 센지 어리숙한 내 기분을 천국까지 날려 버릴 정도로 강하게 불었다.

정상에서 내려다보는 풍경은 감탄할 만한 것이었다. 사방으로는 풀 한 포기 자라지 않은 돌산뿐이었고 내 시선이 닿는 끝까지 메마른 광야만 보였다. 그 풍경을 멍하니 바라보면서 모세는 정말 이곳에서 하나님을 만났을까? 하는 의심이 들었다. 체력이 떨어져서 그런지 나는 영적인 신비를 느끼기보다 이 산은 그저 높고 험한 산일 뿐이라는 인상만 받았다.

결국 나는 모세 산에서 신의 흔적을 느끼지도 못했다. 사실 신을 찾을 수 있을 거라고 기대도 하지 않았다. 혹시나 해서 와 본 것뿐이었다.

그 밤 모세 산에서 중력 같은 은총이나 성스러움 대신 나약하고 의심만 많은 나를 만났고, 아프리카 낙타의 깊은 한숨 소리를 들었다.

비 오는 날 피라미드를 보며

사막에서 불어온 모래 알갱이로 까끌거리는 침대에서 깨어
보니, 아침부터 비가 내립니다. 카이로에 비가 내린다는 것은
정말 예삿일이 아닙니다. 365일 중 적어도 350일은 강렬한
해가 뜨고 메마른 모래바람이 솔솔 불어오는 곳이거든요.

저는 숙소 창문을 통해 피라미드를 보고 있습니다. 평소에
는 햇살에 반사되어 황금색으로 빛나는 피라미드가 오늘은
비에 젖어 검은색으로 보입니다. 이것을 보고 있으니 직감적
으로 알 수 없는 불길함을 느꼈습니다. 평소와는 다른 풍경
때문에 그런 것 같습니다.

모든 사람들이 상상하는 피라미드와 이집트는 고대 신들
이 여전히 지배하는 장소처럼 햇살이 찬란하지, 오늘처럼 축

축하고 어둡지는 않으니까요. 오늘이 마치 세상이 멸망하기 전의 징후 같았습니다. 오늘 같은 날에는 괜히 밖에 나가지 말고 숙소에서만 머물러야겠습니다. 저는 이런 미신이나 징크스에 영향을 받기 쉬운 타입이거든요.

그래서 아침밥도 먹으러 나가기 싫어 호텔에서 일하는 급사에게 샌드위치와 커피를 사 달라고 부탁했습니다. 당신이 생각하는 호텔이라면 룸서비스를 연상하시겠지만, 말이 호텔이지 그냥 방 다섯 개 정도 있는 작은 여관일 뿐입니다. 이름만 '스핑크스호텔'인 것이지요. 그래서 24시간 룸서비스 같은 것은 기대할 수도 없네요. (대신 숙박비가 아주 저렴합니다.)

스핑크스호텔에는 투숙객들의 이런저런 일을 도와주는 어린 급사가 있습니다. 열다섯 살 정도 되어 보이는 아이인데, 나이에 어울리지 않게 아주 야무진 표정을 지니고 있습니다.

주인이 말하기를 친척의 아는 사람의 아들인데 돈을 벌기 위해 이집트 남쪽의 외진 지역에서 왔다고 하더군요. 이집트의 국민소득이나 경제 수준이 어느 정도인지 모르겠지만 우리나라에 비해 물가는 싸고 사람들 대부분은 가난해 보입니다. 그래서 여기서는 아이들이 일하는 것을 쉽게 볼 수 있습니다.

가능한 한 저는 소년에게 심부름을 시키지 않으려고 했습니다. 제가 부자인 나라에서 온 돈 있는 관광객이라고 유세 떨어서 그에게 상대적 박탈감을 주기 싫었거든요. 호텔 주인은 이런 제 마음을 아는지 이렇게 말하더군요. "당신이 심부름을 많이 시켜야 그가 돈을 벌 수 있고, 혹시 당신이 그럴 마음이 있다면 팁을 더해 준다면 그는 더할 나위 없이 행복할 겁니다"라고요.

한마디로 저의 알량한 인류애, 동정심 같은 것은 필요 없고, 일 시키고 실제로 도움 되는 팁이나 챙겨 주라는 말이었습니다. 주인장의 말을 듣고 저는 뭐라 반박할 말이 없었습니다. 따지고 보면 그게 사실이니까요.

저의 값싼 인류애와 동정심은 결국 내 양심을 위한 것이지, 정작 그들에게는 아무런 도움이 되지는 못하잖아요. 그래서 저는 최대한 예의 있게 행동하며 제가 해도 될 일을 일부러 소년을 불러서 시킵니다. 제가 그를 부를 때면 소년은 큰 소리로 대답합니다. 신이 난 소년이 낡은 계단을 올라오는 소리를 들을 때면 좋더군요.

만약 제가 가난한 나라에서 태어났다면 소년과 다르지 않았을 것입니다. 이 세상은 이런 곳이겠죠. 이런 식으로 말하는 것은 너무 야박하고 물질만능주의적이라고 할 수 있겠지만, 당신도 나도 저마다 삶을 살아가려면 돈이 필요한 건 사실이잖아요.

제가 말하는 돈이란, 생명을 유지하고, 타인들에게 내가 어떤 위치에 있는 사람인지 평가받을 수 있는 수단이 되기도 하고, 우리가 머물 수 있는 공간을 제공받는 개념인 돈을 말하는 것입니다.

우리가 원시인이라면 돈 없이 자연이 주는 것을 가지고 생존하며, 돈이라는 굴레를 떠난 다른 가치를 실현하겠지만 지금은 석기시대가 아니잖아요. 돈 걱정 없었던 구석기시대는 적어도 1만 년 전의 일입니다. 모든 것이 돈과 연결되어 있고 모든 것에 가치가 정해진 시대에, 돈이 없다면 우리는 삶을 연장하기 힘듭니다. 분명 세상에 돈보다 중요한 가치는 얼마든지 있죠. 저도 알고 있습니다.

명예, 꿈, 존엄, 도덕, 예술, 자유, 신앙, 사랑. 많은 사람들이 눈에 보이지 않는 이 가치를 위해 목숨을 걸었고, 이들로 인해 인류가 종말하지 않고 지금까지 발전하고 건재할 수 있었습니다.

제가 말하고 싶은 것은 이러한 가치들만으로는 지금의 세상은 유지될 수 없다는 것이지요. 이 가치들과 더불어 돈이 필요하다는 것입니다. 돈이 많고 적음은 말하지 않겠습니다. 저는 최소한 사람답게 살 정도의 돈을 말하는 겁니다.

정확히 얼마가 필요한지 저는 모릅니다. 하지만 이것은 알고 있습니다. 돈은 사람을 꿈꾸게 만들고, 더 멀리 갈 수 있게 하고, 편안하게도 하고, 그리고 좋은 사람도 될 수 있게 한다는 것을.

문제는 우리에게 충분한 돈이 없다는 것이죠. 아마 소수만이 가지고 있겠죠. 왜 초라함을 느낄까요? 열심히 일하지 않아서 돈이 없는 건가요? 능력이 없어서 그런가요? 스핑크스 호텔의 급사 소년도 저를 보면서 이런 의문이 들겠죠?

모두가 경제적으로 평등한 사회가 있을까요? 다시 유령이 된 마르크스사상을 불러오자는 것은 아니고, 그저 왜 이렇게 세상은 불공평한지에 관해 한탄하고 있습니다. 비에 젖어 어두워진 피라미드를 바라보면서 말입니다.

독자보다 작가가 많은 시대

책을 출판한다는 것이 그 어느 때보다 어렵지 않은 시절입니다. 작은 아이디어와 한 주제에 대해 A4 한 면 정도를 채울 수 있는 센스만 있다면 누구라도 책을 쓸 수 있습니다.

당신이 만약 책 내는 것에 관심 있다면 공무원시험을 준비하는 것만큼 체계적으로 가르치는 곳, 인터넷에서 몇 주 코스로 책 출간 비법을 전수해 주는 강연들도 넘쳐 납니다. 심지어 수업료가 비싸지도 않습니다.

그리고 꼭 출판사를 통하지 않더라도 열정 한 주먹만큼이라도 있다면, 전국 서점에서 판매되는 책을 직접 출판해서 작가가 될 수도 있고요. 바야흐로 독자보다 작가가 더 많은 시절입니다. 저 역시 체계적인 글쓰기 교육을 받은 것이 아니고, 등단을 통해 책을 내게 된 것도 아니기에, 이것이 한때의 열풍인지 어떤지는 저도 판단할 수 없습니다. 인터넷에 누군가 봐 주기를 고대하며 쓴 글들이 운 좋게 한 출판사의 편집자 눈에 띄게 되어 책을 낸 경우였습니다. 분명 다른 작가들이 보면 저도 시대의 흐름에 편승해서 작가라는 칭호를 받게 된 사람일 것입니다.

14년 동안 책 일곱 권을 냈습니다. 평균적으로 2년에 한 권씩 책을 냈죠. 지금까지 꾸준히 책을 낼 수 있었던 것은, 제 글을 읽고 공감해 준 사람들이 있고, 제게서 여전히 가능성을 봐 준 출판사들이 있어서였다고 받아들이고 있습니다.

책 작업을 꾸준히 했다고 해서 제 인생이 드라마틱하게 달라졌거나 부자가 된 것은 아닙니다. 돈을 번 것은 사실입니다. 하지만 그 돈이라는 것을 냉정하게 계산해 보면, 중소기업 과장님 연봉 정도 되는 것 같습니다.

책으로 이 정도 버는 작가는 손에 꼽을 정도로 드문 경우라는 것을 압니다. 저는 운이 너무너무 좋은 편이었습니다. 왜냐하면 책 인세만으로 온전히 다른 일은 하지 않고 글만 쓰면서 살 수 있었거든요. 물론 한때 그랬다는 말입니다. 현재는 그런 시절이 아니게 되어 버렸죠. 출판계 사정이 그리 좋지 않다는 이야기는 들어 보신 적이 있으실 것입니다. 이

건 정말 과장이 아닙니다. 사람들이 이제 책 같은 것은 읽지 말자고 새해 첫날부터 다짐한 것처럼 팔리지 않습니다.

그 와중에도 팔리는 책은 있겠지만 과거에 비해 거의 반의 반 수준으로 팔린다고 하더군요. 그중 에세이는 특히 팔리지 않습니다. 그도 그럴 것이 그동안 얼마나 많은 에세이들이 출판되었는지 당신도 알 것입니다.

누구는 청춘을 위로했고, 누구는 삶의 품격에 대해 말했고, 누구는 사랑을 말했고, 가족에 대해 말했고, 여행을 통해 얻은 자유와 깨달음을 나누었고, 숨기고 싶은 개인적인 아픔도 고백했으며, '보노보노' '빨강 머리 앤'과 같은 허구의 인물이 사는 법에 대해서도 이야기했습니다. 심지어 소셜미디어에 글스타그램이라고 올라오는 하이쿠보다 짧은 글들도 있지요. 이 시대를 살아가는 사람들에게서 나올 수 있는 모든 이야기들을 각자 다 해 버린 것 같다는 생각이 듭니다.

어쩌면 에세이 시대는 갔어요. 다른 사람이 쓴 글을 읽고 공감하기보다는 스스로의 이야기를 글로 쓰고 싶어 합니다. 이제는 구경꾼이 아닌 자신의 시선으로 세상을 보고 판단하고 있어서, 다른 사람들의 글과 생각은 마음에 차지 않는 것입니다. 대신 자신의 상태가 어떤지, 스스로 어떤 생각을 하는지, 어떤 문제의 원인을 직접 발견해서 사람들에게 말하고 싶어 합니다.

제가 글을 써 오면서 느끼는 것은, 사람들은 각자 스스로 성숙하다고 여기고 실제로 그래 보입니다. 무엇을 원하는지 무엇이 필요한지 자신이 가장 잘 알고 있고, 먼 나라로 떠나는 모험에 주저하지 않는 심장을 지니고 있습니다. 대리만족을 하기보다는 본인이 실제로 느끼고, 그것을 자신만의 단어로 발견하기를 원합니다. 이를 자신만의 방식으로 다른 사람에게 말해 주고 싶어 합니다. 사람들은 분명 그럴 준비가 되어 있어 보입니다.

다 좋습니다. 각자의 이야기를 글로 쓰고 영상으로 만드는 것 말입니다. 다만 제가 이쯤에서 하고 싶은 당부는, 부디 책을 출판하기 위해서 글을 쓰지 마세요. 우선 글을 쓰십시오. 자신만의 방식으로 이야기를 정리하고 다듬어야 합니다. 이 과정을 통해 더욱더 많은 글을 쓰고 생각과 이야기를 마음 안에 쌓아 두어야 합니다.

책을 낸 작가로서 제가 받은 질문 중 대부분은 다음과 같았습니다. "책은 어떻게 내는 거죠?" "먼저 출판사와 책을 계약하고 작업을 해야 하나요? 아니면 글을 다 끝내고 계약을 해야 하나요?"

많은 사람들이 글에 대해서는 묻지 않았습니다. 단지 출판만이 목적인 것처럼, 책을 내는 것에만 집중해 있었습니다.

감히 말해 봅니다. 책을 출판하기 위해 글을 쓰는 것이 아니라, 글을 쓰다 보니 글들이 당신 안에 쌓이고 쌓여 어느 순간 책이 되어 있을 겁니다. 만약 당신이 책을 위해 글을 쓰고 노력한다면, 책은 출판할 수 있을 것입니다. 그거면 됩니까?

단지 책이 서점에 진열되는 것이 당신이 원하는 건가요? 책 한 권을 낸 것으로 만족합니까? 그다음 책을 쓰고 싶지 않나요? 10년이 지나도 서점이나 도서관에서 찾을 수 있는 책을 내고 싶지 않나요?

글을 습관처럼 씁시다. 그런 글들을 책상 서랍에 묵혀 두어 봅시다. 당신이 지치지 않고 글을 쓴다면, 김중혁 작가가 말했듯 뭐라도 되어 있지 않겠어요?

내가 왜 그래야 했는지 말해 줄게요

  내 뒤만 졸졸 쫓던 허기져 보이던 떠돌이 개에게 먹던 빵을 나눠 줬던 우붓Ubud에서,

  한번 내리기 시작하면 허리까지 눈이 쌓였던 로바니에미에서,

  장마폭우에 메콩강 하구로 쓸려 갈 뻔한 팍세Pakse에서,

  소문보다 초라하게 빛나던 레이캬비크Reykjavik에서의 오로라를 보면서,

  세계에서 가장 높다는 히말라야산맥에서 사방으로 불어오는 바람에 온몸을 떨었던 좀솜에서,

  정장을 입고 출근하는 시부야澁谷역 건널목 바쁘게 오고 가는 인파 속에서,

절망적으로 붉게 물들어 가던 다합Dahab의 노을을 바라보며,

발음하기도 벅찬 도시의 추운 하늘에 파란색으로 빛나는 달을 올려다보며,

하루 종일 시체가 타는 연기로 매캐했던 바라나시Varanasi에서,

기자Giza의 장터 노천카페에서 피라미드를 올려다보며,

모든 영혼들이 모인다는 시엠레아프Siem Reap의 톤레사프 Tonle Sap 호수 나룻배에서,

불안이 목구멍까지 차올라 안정제를 삼키고 몰래 울었던 베를린Berlin 역사의 화장실에서,

뼛속까지 스며든 냉기에 언 발을 주무르던 시베리아횡단 열차 안에서,

검은색 후드를 입은 남자가 휘두른 커터 칼에 손이 베여서 피 흘리던 페테르부르크Peterburg에서,

그리고 풍랑주의보에 배가 뜨지 못해 사흘간 갇혔던 도초도에서,

대체 내가 여기서 뭘 하는 짓인지 모르겠다고 생각했다.

왜 그런 고생스럽고, 왜 그렇게 피가 검어질 정도로 외로운 길을, 또 왜 그리 많은 시간을 낯선 곳만 찾아 떠났는지에 대해서 이제는 말할 수 있을지 모른다. 지금까지 아무도 내

게 그 이유를 묻는 사람이 없었다. 나는 당연히 그래야만 하고 그것을 즐기는 사람이라고 당신들은 판단했을지 모른다.

비행기 안이나 기차, 버스 안에서 열 몇 시간씩 갇혀 있는 것이 불안하고, 가난한 내 영어와 현지어로 사람들과 이야기를 나누는 것도 어색하고, 몇 번의 생을 모아 둔 업보 같은 무거운 여행 가방을 풀었다 싸는 것도 싫고, 매일 바뀌는 낯선 천장을 보며 잠에서 깨는 것이 슬프고, 정을 주려고 하면 마치 약속한 것처럼 각자 목적지로 떠났던 동료 여행객들이 보고 싶었고, 지도도 잘 못 보는데 감으로 길을 찾아 온종일 걷는 게 힘들었고, 식욕도 없는데 입에 맞지 않는 음식을 오로지 생존하기 위해 우적우적 먹는 것도 곤욕이었고, 아무것도 느끼지 못하는 곳을 한없이 배회하며 이야기를 찾는 시간은 부담스러웠고, 공황장애로 숨어 있고만 싶은데 또 다른 곳으로 이동해야만 하는 것은 너무 무서웠다.

무엇보다 낯선 길 위에서 외롭고 외로웠다. 더욱 냉정한 것은 내게 그러라고 강요한 사람은 아무도 없었다는 것이다.

나를 괴롭히며 집에서 떨어진 멀고도 낯선 곳으로 스스로를 내몰았던 것은, 오로지 인정받고 괜찮은 글을 쓰기 위해서였다고 이제 와서 고백한다. 그래서 나는 더 멀리 떠나야 한다고(남들이 가지 않은 곳을 찾아서), 나는 더 고생스러워야 한다고(사람들은 편안하고 행복한 이야기에는 관심이 없기에), 나는 더욱더 외로워야 한다고 믿었다(그래야만 온전히 내 솔직한 마음을 담을 수 있었다).

여행을 통해 나는 글을 쓰기 위해 내가 할 수 있는 최대치의 노력을 했다. 나의 여정들은 고난이었고 다른 사람들처럼 가볍게 즐기지 못하기는 했지만, 그렇다고 그 시간들을 낭비라고 생각한 적은 없었다. 나는 나답게 행동했고 진심을 다해 그 순간에서 뭔가 의미를 담으려고 했었다. 단지 여행이 좋아서라기보다는 그래야만 나는 뭔가를 찾아서 쓸 수 있는 사람이었을 뿐이었다. 그 대가로 나의 글을 찾아낼 수 있었다. 그렇게 나온 책은 나의 분투였고 내 여행의 증인이었다.

나는 이제 이것들을 하지 않을 것이다. 이제 낯선 도시들과 사람들과도 안녕이다. 너무 많은 시간이 사라져 버렸다. 그곳에서 보내는 동안 나는 이곳에서의 시간과 기억을 얻지 못했다. 나의 여행은 진작 끝났어도 아직도 여독에 걸려 있다. 여독은 이곳에서도 나를 이방인으로 만든다. 나는 이제 떠남에 대한 글을 쓰지 않음으로써 내 몸의 독을 빼려 한다.

마주친 적 없지만 여전히 떠나는 사람들에게 행운을 빈다.

나보다 더 용기 있는 여행자, 그들이 겪을 이야기와 글을 기대하며.

매일매일 불타는 도시

　세계 지도를 펴서 우리나라에서 남서쪽으로 가다 보면 이 도시를 찾을 수 있습니다. 하루 종일 죽은 사람이 타오르면서 내는 연기로 자욱한 도시를 말이죠. 인도의 바라나시는 원래 죽음을 위해 만들어 낸 계획도시라고 합니다. 그들은 사람이 죽고 나서 24시간 안에 화장해서 갠지스강에 그 재를 뿌려야 한다는 종교적 믿음이 있었기 때문에, 갠지스강 상류에 있는 바라나시를 죽음의 도시로 만들었습니다.

　처음에는 왕과 귀족들이 죽음을 앞두고 이곳에 와서 죽음을 기다렸다고 합니다. 왜냐하면 인도는 너무 큰 땅이기에 죽고 나서 24시간 안에 갠지스강에 올 수 없기에, 이집트인들이 살아생전 죽음을 대비해서 피라미드를 만든 것처럼 인도인들도 갠지스강 주변에 집을 만들기 시작했습니다. 그것이 널리 사람들에게까지 전해져서 지금의 바라나시가 되었다고 합니다.

도시가 만들어진 지 2000년이 넘었지만 여전히 하루에 시체 240여 구가 공식적으로 화장되고 있습니다. (가난한 사람들은 직접 공터에서 화장하는 경우도 있기에, 많게는 400여 구가 넘는다고도 합니다.)

엄마가 돌아가시고 나서부터 사람이 죽고 나면 그 육신이 어떻게 되는지 알고 싶었습니다. 땅에 묻히거나 아니면 화장되어 재만 남는다는 것을 알지만, 더 정확히 제 두 눈으로 확인하고 싶었습니다. 이것을 호기심이라고 한다면 불손할 수도 있습니다만, 저는 화려하고 충만했던 영혼의 집이 어떻게 최후를 맞이하는지 실제로 보고 싶었습니다. 그래서 저는 그 도시에 간 적이 있습니다.

갠지스강에 있는 화장터에 가서 하루 종일 가만히 죽은 사람들이 불타는 것을 바라봤습니다. 처음에 그곳에 갔을 때, 화장터에서 일하는 인부들이 제가 화장터에 있는 것을 막거나, 근처에라도 가면 돈을 요구하기도 했습니다.

저는 그들이 원하는 대로 돈을 달라면 돈을 주고, 못 오게 하면 다른 입구로 들어가 눈에 안 띄게 구석에 처박혀 바라보는 일을 반복했지요. 그들에게 저는 그저 호기심 가득한 외국인 관광객이었습니다. 솔직히 그것이 사실일 수도 있겠지만 인간의 최후를 보고 싶은 욕구와 행동을 저 자신도 뭐라고 설명할 수 없습니다.

죽은 자가 가족과 함께 바라나시에 도착하면 가족이 화장에 쓸 나무를 사고, 그 나무를 인부들이 화로로 옮겨 와 꼼꼼하게 쌓았습니다. 그다음 그 위에 천이 덮인 죽은 사람을 올려 제사장이 의식을 치르고, 황토 항아리에 담긴 기름을 죽은 사람을 덮은 천에 붓습니다.

그리고 가족 중 한 명이 제사장을 따라 고인의 주위를 세 바퀴 돌고, 그 후 횃불로 불을 붙입니다. 그럼 나무에 불이 붙기 시작하고 그 불길은 서서히 죽은 사람에게 옮겨 붙고, 그 불길은 점점 거세집니다. 두 시간이 지나면 육신은 사라지고 재만 남습니다. 그 재는 제사장이 꼼꼼하게 쓸어 담아서, 옆에 흐르는 갠지스강에 뿌립니다. 이게 끝입니다.

바라나시 화장터에서 사십 일을 지냈습니다. 아침 아홉 시에 화장터로 가서 오후 두 시까지 있다가 숙소로 돌아와서 쉬다가, 다시 오후 일곱 시부터 밤 열 시까지 그곳에서 죽은 사람이 불타는 모습을 매일매일 봤습니다. 그 장면이 여전히 눈에 선명합니다.

죽은 사람이 불에 타는 모습이 어떨 것 같나요?

누군가는 아름다운 광경이라고 할 것이고, 또 다른 이는 너무 처절하다고 말할 수도 있을 것입니다. 정말 무섭고 잔 인하다고 할 수도 있고요. 그 불길 속에서 타들어 가는 죽은 사람을 보면서, 저는 인간이 얼마나 보잘것없는 존재인지를 볼 수 있었습니다. 죽고 나면 저렇게 쉽게 타서 한 줌 재로 남 아 흔적도 없이 사라지는 것을, 우리는 살아 있을 때 왜 그렇 게 치열하고 힘든 것인지, 부질없고 시시하게 느껴지더군요.

물론 살아 있는 사람과 죽은 사람은 엄연히 다릅니다. 당 연히 살아 있는 동안 최선을 다해 자신의 생을 살아야 하죠. 하지만 생명이 다해 죽고 나면 너무 쉽게 이 세계에서 사라 지는 것을 보고 나니 여러 감정이 들었습니다.

화장터 제사장이 말했습니다. "우리가 믿는 종교에서 죽음 은 또 다른 생의 시작이고, 우리에게 천국은 환생하지 않고 아무것도 아닌 무의 상태로 돌아가는 것이지요."

나는 그 도시에서 보았습니다. 수많은 죽음을, 죽고 난 후 사람이 어떻게 이 세계에서 소멸해 가는지를, 그리고 인간의 삶과 죽음이 결국 한패라는 것을.

지금의 나는 과거의 나와 같나요?

　당신은 제게 왜 현실을 아직도 인정하지 못하는지에 대해 묻고는 했지만, 솔직히 이제까지는 그것에 대해 정리된 생각이 딱히 없었고, 저 자신도 왜 그런지 알 수 없었던 게 사실입니다.

　그래서 우울증에 빠진 개처럼 먼 곳만 바라보고 있었나 봅니다. 하지만 지금은 왜 제가 지금의 현실을 인정하지 못하는지, 거기서 느끼는 비애감이나 현기증이 무엇인지에 대해 설명할 수 있을 것 같습니다.

　당신 말이 맞습니다. 모든 것은 나이 들고 늙어 갑니다. 물론 저도 그렇고 당신도 그리고 우리의 아버지와 어머니를 비롯한 세상 모든 사람들, 우리의 고양이와 개도 늙어 갑니다. 이건 그리 지독한 것도 아니고, 신이 모두에게 내린 저주도 아닐 것입니다. 이런 게 지구에서의 삶이고 우리 인생이겠죠?!

'나이 듦' '늙어 감', 그리고 결국 맞이해야 할 '죽음'까지, 모두 우리가 지나가야 할 운명의 점들인 것이지요.

중년이 된 저는 생각합니다. '나는 예전과 달라지지 않았다.' '나이는 숫자에 불과하다.'

눈에 보이는 소소하지만 확실한 변화가 있긴 합니다. 흰 머리가 눈에 거슬릴 정도로 나서 주기적으로 염색해야 했고, 노안에 독서 안경 없이는 책을 읽기 힘들어졌으며, 피부는 생기를 잃고 푸석거리고, 얼굴의 근육이 미세하기 늘어진 것이 눈으로 보입니다. 또, 감기에 걸리면 잘 낫지 않고요.

정말 그러지 않으려고 하지만 자꾸 내게 있었고, 내가 했던 예전 일들에 대해 설교하듯 말하는 저를 발견하고는 합니다. 예전에 어른들이 우리를 보고 말하던 것처럼, 요즘 친구들을 보면 앞으로 세상이 어떻게 될지 걱정되기도 하고요.

비록 이런 변화가 있었지만, 저는 이제까지 가졌던 꿈과 취향이 여전히 제 안에 있는 것을 느낄 수 있습니다. 그것들은 소중히 제 안에서 타오르고 있습니다. 나의 심장은 여전히 뜨겁습니다.

예전에 입던 옷을 아직도 입습니다. 머리 스타일도 늘 자르던 스타일을 유지하고요. 새로 나오는 음악을 찾아 듣고 간혹 디제잉도 합니다. 몸무게는 예전과 같습니다. 스물일곱 살부터 다녔던 이리카페는 지금도 가고, 새로운 사람을 만나는 것에 부담이 없고요. 매력적인 여자를 보면 설레는 것도 비슷합니다.

그런데 나는 내 나이가 너무 무겁게 느껴집니다. 솔직히 적은 나이는 아니지만 여전히 많은 가능성을 가졌습니다. 우리 이전 세대와 제가 별로 다르지 않다고 생각하지만, 세상은 저에게 '이제 당신은 어른이고 늙었다'라며 등 떠밀어 안 보이는 구석으로 치우려 하는 것 같습니다. '당신의 시대는 갔어.' '당신도 선배들의 시대를 차지했으니 이제는 후배들에게 자리를 비켜 줘.'

분명 이렇지는 않을 것이라 믿고 싶고, 저의 피해의식이 만들어 낸 과한 망상에 가까운 자괴감이라는 것도 인정합니다. 제가 실제로 오버하고 있는지도 모르죠. 그래서 저는 제가 중년이 되었고 곧 더 늙는다는 것을 받아들일 수가 없습니다.

그렇다고 아무것도 할 수 없었고 그 무엇도 모르던 십 대로도, 무모했지만 늘 자신만만했던 이십 대로도 돌아가고 싶지 않습니다. 그때의 실수와 어설픔을 되풀이하고 싶지 않거든요. 그렇다고 자신만만했고 운이 좋았던 삼십 대로도 돌아가고 싶지 않습니다. 그땐 너무 불안했고 너무 아팠거든요.

단지 제가 원하는 것은, 아직 인정할 수 없어서 혼란스러운 중년인 저를 온전히 받아들이고 싶을 뿐입니다. 그러면 불안정해 보이고 갈 곳 없이 맴도는 제가, 마음을 부여잡고 중년 이후의 시간을 준비할 수 있을 것입니다. 멋지게 늙어가고 싶습니다.

제 마음을 이해하나요? 다시 한번 말하지만 저는 시간을 되돌리고 싶지 않고, 중년의 저를 존중해 달라는 말을 하는 것도 아닙니다. 단지 중년이 된 자신을 인정하고 받아들이고 싶은 것입니다.

○
첨부합니다.
당신은 우리가 처음 만났을 때와 별로 달라진 것이 없어 보입니다. 스물아홉 살에 만났던 그때 그대로입니다. 여전히 호탕하게 기분 좋게 웃어대고, 아름다운 두 볼은 그대로입니다. 아기 파마처럼 곱슬거리던 머리 스타일이 긴 웨이브 머리로 바뀌기는 했지만 그때 그대로입니다.

그리고 우리는 음악이나 영화, 그리고 각자 하고 있는 일에 관한 이야기를 나눕니다. 제가 가끔 적어 주는 짧은 메모를 좋아해 주고, 그것들을 모아서 벽에 붙여 놓는 것도 여전합니다. 저는 당신이 선물해 주는 음반들을 들으며 우리가 아직도 비슷한 것을 좋아한다는 사실을 느낍니다.

마지막으로 당신에게 묻고 싶은 게 있는데요. 지금 저는 예전의 제 모습처럼 보이나요? 솔직히 말해 줄 수 있습니까?

중년의 풍류

살아왔던 방식과 흥분했던 순간을 잊지 말 것,

멋 부리기를 멈추지 말 것,

정치, 이념은 남에게 말하지 말 것. 그래도 그 이념을 나중에 부정하지 말 것,

젊어 보이기 위해 노력하기보다 먼저 어른이 될 것,

너를 연상시킬 향을 만들 것,

핸드크림과 자외선차단제는 매일 챙겨 바를 것,

손톱은 짧게 자를 것,

자주 미소 지어 보이지만 입 벌려 웃지는 말 것,

세상의 유행을 따르기보다 너를 표현하는 브랜드의 옷을 입을 것,

이두박근과 초콜릿 근육, 탄탄한 엉덩이를 너의 명예처럼 여길 것,

　맛있는 것을 먹으러 가지 말고 분위기를 따질 것,

　검은색 셔츠와 첼시부츠를 살 것,

　너의 공간을 마치 남의 집처럼 꾸밀 것,

　셀피는 찍지 말고 다른 사람들의 배경이 될 것,

　너 자신에게 더 부지런하고 솔직할 것,

　자동차 타이어와 유리창은 늘 깨끗하게 관리할 것,

　접이식 핸드폰 케이스는 쓰지 말 것,

　담배 피우는 모습을 보이지 말 것,

　침을 뱉지 말고 삼킬 것,

　자존심을 지킬 수 없다면 그 자리를 피할 것,

　운명적 사랑보다 타당한 감정과 지식을 나눌 수 있는 상대를 만날 것,

　주차비를 아끼지 말고 가까운 곳에 할 것,

　야식보다 카페에 더 많은 돈을 들일 것,

　쇼츠와 릴스 콘텐츠보다 책을 보는 데 더 많은 시간을 들일 것,

　여름에는 덥게 입고 겨울에는 춥게 입을 것,

　피부과 가는 것에 익숙해질 것,

　자기 계발서, 재테크 서적은 볼 생각도 하지 말 것,

재즈를 들을 것,

세상의 유행을 따르기보다 취향을 유지할 것,

끈기 없기보다는 차라리 고여 있을 것,

과거의 너는 이제 없다고 생각할 것,

미래의 너도 없을 것이라고 치고,

오늘의 너만 거울에 비춰 볼 것.

예루살렘의 석류주스

기독교 순례지에 있는 석류주스 가게는 늘 순례자들로 붐
볐다. 여행자인 내가 어떻게 해서 이곳에서 일을 했는지 이
해하려면, 사람을 대하는 나의 태도나 여행 스타일을 알면
될 것이다. 나는 어떤 것들에 대해서도 외부로부터 기대하는
것이 없다. 심지어 나 자신에 대해 기대하는 것도 없다. 운명
론적으로 맞닥뜨린 상황을 그저 받아들이는 타입이다.

가게 앞 돌담에는 작은 테이블 세 개가 있었고, 테이블마
다 의자가 두 개씩 총 여섯 개가 있었다. 나는 목적 없이 순례
길을 따라 걷다가 골목으로 들어오는 따가운 햇살을 피해 그
가게에 처음 가게 되었다. 그로부터 그 길을 지날 때마다 돌

담에 앉아 석류주스를 마시며 앞표지가 떨어져 나간 시집을 읽고는 했다. 가게는 늘 무척 바빴고 주인장 혼자서 온갖 일을 다 했다.

그와 눈이 마주칠 때면 주인장은 미안한 표정을 지어 보이며 조금만 더 기다려 달라고 말했고, 얼굴에 흐르는 땀을 옷소매로 닦았다. 대답 대신 나는 미소를 지어 보였다. 내게 급한 일은 아무것도 없었다. 순례객들은 계속 몰려 왔고 작은 가게는 더 바빠졌다.

슬그머니 가게 안으로 들어갔다. 그리고 그의 옆에 쌓인 석류즙을 내고 남은 껍데기를 쓰레기통에 버렸다. 그리고 그에게 석류가 더 필요하지 않은지 물었다. 그는 자신이 믿는 그의 신을 만난 것만 같은 표정을 지으며, 가게 뒤편 냉장고에서 석류 다섯 개만 가져다 달라고 말했다. 나는 가게 안쪽으로 들어가 냉장고에서 석류 다섯 개를 꺼내어 그에게 가져다주었다. 그는 석류즙을 짜고 있었고 나는 그 옆에서 착즙기에 넣을 수 있도록 석류를 반으로 잘랐다. 우리는 손발이 잘 맞는 것 같았다. 전 세계에서 온 단체 순례자들은 내게 석류주스의 비용을 치렀다. 동전이나 구겨진 지폐로…….

나는 그 돈을 받아 그의 바지 주머니에 넣어 줬다. 그렇게 삼십 분 넘게 말없이 일했다. 나는 주문과 돈을 받고, 그는 끝도 없이 석류를 짰다. 순례자들은 주로 영어나 히브리어나 아랍어를 했지만, 언어를 알아들을 정신이 없었기에 손짓만으로 모든 주문을 받았다. 그것은 전혀 문제 되지 않았다. 순례자들이 석류를 가리키면 석류주스를 내왔고, 원하는 개수를 손가락으로 표시하면 그만큼의 주스를 준비했다. 그럼 나는 값을 치르기 위해 열 손가락을 펼쳐 보여 10세켈(이스라엘의 화폐단위, 한화로 대략 3500원)을 달라고 표현했다.

아주 간단하다. 머리를 쓸 일이 없다. 다만 어떤 것이 누구의 주문인지를 눈으로 기억하면 되는 일이었다.

한바탕 사람들이 지나가고 거짓말처럼 한가한 시간이 찾아왔다. 그제야 숨을 돌린 주인장은 나를 바라보며 "너는 천사니"라고 물었고 나는 서울에서 왔다고 대답했다. 그제야 그는 손을 내밀어 악수를 청했다. 우리는 서로 손을 맞잡았고, 가게 앞 테이블에 앉아 이런저런 이야기를 나눴다. 대부분 그가 내게 물었다.

'여행객이니?' '성지순례 왔니? '고마워를 한국어로 어떻게 말해?' '가족이 있니? 아이는?'

그리고 그는 깜빡 잊고 있던 나의 석류주스를 만들어 줬다.

상큼하고 약간은 단맛이 났고 뒷맛은 약간 텁텁했다. 신선한 피를 수혈받아서 몸 안에 있던 더러운 피가 정화되는 기분이었다. 그는 "예루살렘 석류는 특히 열매가 굵고 과즙이 달아서 인기가 많지"라고 말했다. 마치 예루살렘에서 자란 모든 석류가 그의 자랑인 듯.

"이제부터 언제라도 먹고 싶은 만큼 마셔, 너에게는 그냥 줄게." 그의 말에 나는 미소 지어 보였다. 얼마간의 휴식이 끝나고 우리는 누가 먼저랄 것도 없이 가게 안으로 들어가 석류즙을 짜고 당근을 씻어 냉장고에 넣고 레몬을 바로 짜기 좋게 반으로 잘랐다. 내게 누가 그러라고 시킨 것도 아니고 그렇다고 그가 나를 말린 것도 아니어서, 모든 것은 11월의 햇살처럼 자연스럽게 그의 작은 주스 가게에 머물렀다. 해가 저물고 가게의 문을 닫을 때쯤 그가 내게 물었다. "어떻게 보답해야 할까?" 나는 어깨를 으쓱하며 답했다. "생각해 볼게요. 아니면 어느 날 찾아온 천사라고 생각해요."

오래전에 돌로 만들어진 이 도시는 어두워지기 시작했고, 쓸쓸한 둥근 달 같은 가로등이 켜졌다. "또 올 거야?" 그가 물었다. 나는 "아마도. 또 보러 올게요"라고 말했다.

숙소로 돌아와 보니 하얀 셔츠 소매에 석류즙 자국이 붉게 남아 있었다. 그것은 물로 지워지지 않았다. 몇 년을 입어 온 아끼는 옷이었다. 돈을 바란 것도 아니고, 과도한 감사의 표시나 특별한 여행의 경험을 바란 것도 아니고, 내게 거창한 인류애가 있었다거나 착한 사람이어서 그런 것도 아니다.

○

그래야 했다고 생각할 뿐. 그 정도다. 그날이 그런 날이었던 것이다. 나는 이렇게 살아왔고 앞으로도 이런 식으로 살아갈 것이다. 아무래도 나는 착하지는 않지만 친절한 사람인 것 같다.

실제 우리에게 일어났던 역사적 사건

    미래의 어느 날 다음 세대가 그 때에 대해 묻는다면 무슨 말을 들려줄 수 있을까? 분명 실제로 있었던 시간이고 나는 당사자이자 증인이었다. 나는 그 시절을 다른 사람들에 비해서는 나름대로 좋았던 시절로 기억하고 있다.

    아무도 사무실에 가지 못해 집에 머물며 컴퓨터로 일했고, 학교 역시 문을 닫아 아이들은 새학기를 집에서 맞이했다. 마스크가 얼굴의 반을 가린 채 생활해야 했다. 마스크를 쓰지 않으면 전철도 버스도 탈 수 없었고, 심지어 거리를 걸을 수도 없었다. 이른 밤에 상점가는 문을 닫아야 했고, 주문한 음식은 죄다 집으로 가져가서 먹어야 했다. 비행기는 뜨지 않았고 나라들은 국경을 굳게 닫았다.

　몇 년생인지 연도 끝자리의 홀수, 짝수를 가려 지정된 날에만 마스크를 살 수 있었다. 모든 행사들이 취소되고 기약 없이 미뤄졌다. 도로는 한산했고 도시는 빈 것처럼 인적이 드물었다. 추석이나 설날이 되어도 고향집에 갈 수 없었다. 거리 두기 단계에 따라 오후 여섯 시 이후에는 세 명 이상 만날 수 없었다.

　아이들이 뛰놀던 놀이터는 텅 비었고, 도서관과 미술관도 문을 닫았다. 극장도 텅 비었으며, 작은 공연장조차 문을 열지 않았다. 줄을 설 일이 있다면, 서로 1미터씩 떨어져야 했다. 사람들은 우울함에 빠졌고 생기를 잃어 갔으며, 사는 것은 점점 빡빡해졌으며 다들 어렵다는 말을 입에 담고 지냈다.

　국가에서 지급한 지원금을 받았다. 그런 시간은 뱀의 척추뼈처럼 길어져 정말이지 끝나지 않을 것처럼 느껴졌다. 모두가 자신들의 한 시절을 잃은 것처럼 보였다. 온 세상이 희망도 기대도 그리고 생기도 잃었다. 그래도 사람들은 그 시간을 잘 견뎠다. 모두 괴로워했어도 서로를 배려했고, 그 와중에 다른 사람을 돕는 천사 같은 사람들도 많았다. 그렇기에 고난과 같은 시간을 어떻게든 견뎌 냈다.

　나에게 그 시절의 고립은 남들과 비교하면 좀 달랐다. 처음에는 낯설고 힘들었지만 이내 익숙해졌다. 밖에 나갈 수 없어 종일 집에만 머물렀고, 누군가와 애써 약속을 만들 일이 없어서 좋았다. 모두가 공평하게 겪는 시련이라, 태어나서 처음으로 다른 사람들과 나를 비교하며 남들 같지 못한 나 자신을 미워하지 않아도 되었다. 그때만큼 자존감에서 자유로웠던 시절은 다시없었다.

가능한 한 아무 일도 만들지 않고, 사람들을 만나지 않으며, 밖에 나가지 않는 것이 서로를 돕는 시대였고 가장 올바른 행동이었다. 나는 그런 일은 자신이 있었다. 전 세계가 똑같이 고통받고 제약받았기에 나만 뒤처지지 않았다. 그저 가만히 있어도 양심의 가책을 느끼지 않아도 되는 시간이었다.

다음 세대에게 그때 이야기를 하게 된다면, 내가 느꼈던 평화로움은 빼고 그 시대가 얼마나 참담했고 지독했는지에 대해 증언할 것이다. 거기에 중세 시대 팬데믹인 콜레라나 흑사병 이야기까지 더해 준다면, 그 시간을 겪은 우리를 다음 세대는 존경할지도 모를 일이다.

그것이 재앙이었다는 건 분명하다. 그 시대가 역사책에 실리고 그것에 대해 후손들은 배울 것이다. 100년이 지나고 그보다 더 긴 1000년이 지나도 우리가 보낸 시대는 기록될 것이다. 우리 모두는 그 역사의 증인이었고 당사자들이다.

○

솔직히 나는 그때가 좋았다.

왜냐하면 비극을 희극으로, 사건을 변명거리로 변주하는 사람은 어느 시대에나 있을 것이다. 절대 나만 그런 것은 아니다.

내가 아니기를 바란다

나는 내가 아니기를 바란다.

김동영 혹은 필명인 생선으로 불리며 살아왔더라도, 우리 엄마와 아버지의 자식으로 태어났어도, 홀로 노래방에 가서 흘러간 유행가를 부르면서도, 이국적인 도시의 거리를 걸을 때도, 애인이라 불리는 여자를 안고 있어도, 모리씨와 오로라와 침대에 함께 누워 있는 이른 오후에도, 그동안 낸 책들을 다시 읽어 볼 때에도, 친구를 따라간 새벽예배에서도, 나는 내가 아니기를 바라며, 내가 있을 곳은 여기가 아니라고 생각한다.

이제껏 나로 살아왔지만, 지금도 익숙하지가 않다.

물에서 방금 땅으로 걸어 나온 물고기처럼, 편하지가 않다.

내가 좋아하는 플레이리스트의 음악을 듣다 보면, 오토바이를 타고 막히지 않는 길을 달릴 때, 홍대입구역 3번 출구를 오로라와 걸을 때, 매일 낮과 밤으로 챙겨 먹는 안정제를 삼키며, 일요일 오랜만에 만난 친구들과의 자리에서 또 다른 친구의 안부를 물을 때, 비행기를 기다리며 탑승구 흡연 구역에서 담배를 피울 때, 나이 차이가 열네 살 나는 이리카페 직원에게 감사 인사를 할 때, 이 삶을 몇 번이고 반복한 것만 같다.

이미 결말을 다 아는 영화를 보는 것처럼, 나는 전혀 삶에 집중하지 못한다는 기분이 든다. 이는 익숙하다는 말보다 뻔하다는 말이 맞을 것이다. 항상 새로울 수 없다는 것을 알고, 사는 것이 원래 이렇다는 것도 안다. 모두가 비슷하겠지. 우리에게 필요한 것은 기분 전환이다.

그래서 우리는 죽고 싶다는 말을 한숨처럼 너무 쉽게 내뱉는지도 모른다.

시절

공자는 말했다.

15세에는 학문에 뜻을 두는 나이, 30세에는 모든 기초를 세우는 나이, 40세에는 사물의 이치를 깨닫고 세상에 흔들리지 않는 나이, 50세에는 천명을 아는 나이, 60세에는 인생의 경륜이 쌓이고 사려와 판단이 성숙하여 남의 말을 받아들이는 나이, 70세에는 뜻대로 행하여도 도리에 어긋나지 않는 나이.

내 나이 10대에는 무기력하기만 했던 현실을 음악으로 귀를 막고 책으로 눈을 가리고 이 시절이 지나기를 간절히 기대했고, 20대에는 대부분 꿈만 꾸거나 사랑하느라 시간이 어떻게 갔는지 알아채지 못했고, 30대에는 거의 모든 시간 동안 낯선 곳으로 떠났다 돌아오는 일에 열광했고, 40대에는 내가 아는 것에 대해서만 글을 쓰다 결국 내가 아무것도 제대로 모르고 있다는 것을 알았다.

50대가 되면 더는 자신을 스스로 의심하지도 미워하지 않았으면 좋겠고, 60대가 되면 맨정신으로 살 자신이 없으니 술에 취해 살고 싶고, 그리고 70대가 되면 몽롱했던 지난 10년에서 깨어나 옛 사진과 글들을 보며 밖이 내다보이는 거실의 나무 의자에 앉아 지내고 싶다. 그러다 80대가 되면 매일 잠들어 있고 싶다. 마치 죽은 것처럼.

나만 미치지 않았다

　그것은 자살 시도가 아니었다. 내게는 자살할 이유가 단한 가지도 없었다. 그리고 나는 그 누구보다 오래 살고 싶은 사람이다.

　하지만 나는 아팠다. 나의 병은 뼈가 부러지거나 살이 찢어진 것도 아니고 박테리아나 세균의 침공을 당한 것도 아니었다. 그저 뇌의 어떤 부분에서 호르몬 분비가 정상적으로 작동되지 않는 상태였다. 그 아픔은 숨만 쉬어도 불안했고 불편했으며 불쾌함이 식도를 따라서 온몸을 기어다니는 것 같았다. 사람들이 보편적으로 이해하는 시간 흐름이 내게는 달리 감각되었고, 감정 조절과 주변 상황들에 대한 반응에서 남들보다 더욱 예민한 모습이 나타났다. 마치 충격 단 한 번으로 쉽게 깨지는 와인 잔처럼 말이다.

그해 겨울 나는 시간의 흐름과 틈 사이에서 길을 잃었고 세상은 금세라도 터질 것처럼 부풀대로 부풀어 올라 있었다. 제대로 돌아가는 것은 하나도 보이지 않았고, 나의 주변은 우아함이라고는 찾아 보기 힘든 재수 없고 탐욕스러운 사람들뿐이었다. 그렇다고 내가 정말 선하고 모범적인 것은 아니지만, 나는 적어도 부끄러움이 무엇인지는 알았다. 이런 세상에 유감과 불만이 많은 나는 괴팍해져서 밖에 나가서 누구를 만나지도 않고 북향의 방, 그늘에서 불안해하기만 하면서 시간만 자꾸 확인했다.

5분이 50분 같았고, 한 시간이 10분처럼 느닷없이 가 버렸다. 순간의 기억들은 15초, 30초로 편집된 유튜브 영상 같았다. 그 시간의 변칙성이 가져다주는 혼란에 불안해하며 몸서리쳤고, 나는 기억을 잘하지 못했다. 이런 시간의 흐름에 멀미가 날 지경이었다. 결국 나는 멈춰 있을 수밖에 없었다. 레스토랑에서 서빙하는 것도 그만두고, 친구를 만나는 것도, 가벼운 외출도 하지 않게 되었다. 그저 방 안에서 불안해하며 식은땀만 흘렸다. 한편으로 아무것도 하지 않고 있는 약해 빠진 나 자신에 실망했지만 달리 방법이 없었다.

어서 빨리 예전의 나로 돌아가고 싶어 약을 과용하기 시작했다. 마음대로 용량을 늘렸다. 그게 당연한 것이고 그게 최선이라 생각했다. 처음에는 0.25mg으로 시작해서 0.5mg으로, 1mg으로, 곧이어 5mg으로, 마침내 10mg으로 용량을 늘렸다. 그러면 편안해질 것이라 믿어 의심치 않았지만 그렇게 복용해도 기대만큼 불안하지 않은 것이 아니었다. 이상하게 더욱 불안해졌다. 그렇다면 다음 방법은 의사 선생님과 상담해서 좀 더 센 약으로 바꾸는 것이었지만, 세상에는 나 같은 환자들이 너무 많았기에 진료 예약을 좀 더 빠른 날짜로 앞당길 수는 없었다. 가장 빠른 시간으로 변경해도 2주 후였다. 그때까지 버텨 낼 수 있을지 나도 몰랐다. 그저 지금처럼 불안한 심장과 식도를 부여잡고 견디는 방법밖에 없었다. 정말 그뿐이었다.

유난히 암울하다고 느꼈던 일요일 오후, 나는 침대에 앉아서 불안을 애써 모른 척하며 있었다. 그때 몸 안에서 "우르릉 쾅" 하고 무언가 무너지는 소리가 들렸다. 그동안 겨우 나를 지지하고 있던 것이 뿌리부터 뽑히고 무너져 내리는 소리라는 것을 알았다. 나는 도움이 절실히 필요했다. 하지만 도움을 청할 사람은 이 세상 그 어디에도 없었다. 엄마는 재작년에 세상을 떠났고 아버지와는 별로 친하지 않았고 친구들은 다 뿔뿔이 흩어졌다. 그래서 나는 춥고 앙상한 겨울을 버티기 위해, 가으내 부지런히 모아 둔 도토리를 먹어야 하지만,

결국 미쳐 버려 긴 겨울에 다람쥐가 남은 식량을 다 먹어 치우듯 가지고 있던 모든 약을 야금야금 다 먹어 버렸다. 안정제만 먹은 것이 아니라 수면제, 진통제, 우울증과 조증 약 그리고 장염과 식도염 약, 게다가 판피린까지 다 삼켜 버렸다. 그럼에도 불안해서 돌아 버릴 것 같은 마음은 여전했다. 다만 많은 알약과 물을 마셨기에 배가 너무 불러 속이 매스꺼울 뿐이었다.

다시 한번 말해 두지만 이것은 자살 시도가 아니었다. 죽으려고 자포자기한 심정으로 약을 몽땅 입에 털어 넣은 것은 아니었다. 그저 다음 약을 먹을 만큼 시간이 흘렀다고 생각했지만, 시간 안에서 혼란스러운 나는, 시간을 잘못 계산해서 응급 약을 연달아 복용했을 뿐이었다. 나의 불안이 사라지기를 기다리면서 침대에 누워 무심히 책상 위를 봤을 때, 거기에는 빈 약통과 알약을 싼 껍질들이 버려진 비석처럼 널브러져 있었다. 이렇게 나는 나의 의도와 다르게 자살 시도를 한 셈이 되었다. 죽을 마음이 없었지만 이미 많은 약을 먹었다는 사실을 뒤늦게 알아챘고, 어쩌면 내가 죽을 수도 있다는 것을 어렴풋이 알았다.

그렇다고 후회가 찾아왔을까?

그것은 아니었다. 의도치 않은 자살로 나의 삶을 끝내 버렸다는 생각을 하니 만사가 시시해졌고 한편으로는 드디어 지긋지긋한 불안과도 끝낼 수 있다는 사실에 안도하기까지 했다. 나는 마지막 메시지를 남기고 싶었다. 유언 같은 것을 말이다. 하지만 손에 펜을 잡고 뭔가를 써 내려가는 일이 이 죽음 앞에서 귀찮아져서 관뒀다. 그래서 나는 유언 같은 것은 쓰지 않는 쪽으로 마음을 바꿨다. 속으로 유언을 쓰고 죽는 사람들은, 그나마 삶에 대한 애증이 있고 진정 독한 족속이라는 생각을 했을 정도였다. 나는 아이였을 때 바람 부는 날 빨랫줄에 걸린 엄마의 치맛자락처럼 몸을 서서히 흔들거리고 있었다. 졸음보다는 몽롱함이 더 크게 퍼져 나갔다. 심리적인 거리가 팽창해 화장실까지 가는 것이 세상의 끝을 가는 것만큼 까마득하게 느껴졌다. 화장실 문턱을 넘는 데에 몇 시간이 걸리는 것 같았고, 부엌까지는 엄두도 내지 못하고 메마른 입으로 거친 숨만 내뱉었다. 겨우 변기에 서서 소변을 보며 뭘 먹었기에 색이 이리도 노란색일까 생각했다. 그러다 세면대 거울을 올려다봤는데, 거기에 내가 있었다. 그는 분명 나였지만 내가 아닌 제3자 같았다. 어렵게 입을 열어 내 이름 석 자를 묻고 "다행이지?"라고 말했다. 거울 속의 그는 아무 말도 하지 않았고 겁먹어 보였다. 그리고 그대로 세면대 거울에 머리를 박았다. 무의미하게 거울을 부수려고 했던 것이 아니다. 그것은 죽기 전에 투우사에게 돌진하는 황소처럼 마지막까지 겁먹지 않고, 결정타를 스스로에게 날리는 것과 마찬가지인 행동이었다. 사는 동안 맨날 불안해하는 나를 미워했고, 그런 나를 이해하지 못하는 이 세상에 정말 실망했다. 이것이 내가 기억하는 전부이다.

눈을 떴을 때 구급차의 불운한 기운을 느꼈고, LED 조명 빛을 바라봤다. 옆에서는 평소에는 목소리를 결코 높이지 않는 아버지가 내게 눈을 뜨라고 소리 지르고 있었다. 하지만 눈꺼풀이 너무 무거워 그냥 눈을 감았다. 무엇보다 무척 추웠다. 다시 눈을 떴을 때 침대에 실려 어디론가 가고 있었다. 모든 소리가 앵앵거리며 머릿속에서 울렸다. 고통스럽지는 않았다. 단지 머리가 무겁고 몸은 침몰한 배처럼 바다의 깊은 바닥에 닿아 있는 것 같았다. 죽음의 문턱까지 다녀온 사람들이 증언한 것처럼 따뜻한 빛이나 저승사자나 요단강 같은 것은 보지도 못했다. 그저 눈에 초점이 맞지 않아 세상이 온통 뿌옇게 보였을 뿐이다. 어떤 방에 들어가자 나를 억지로 일으켜 세워 커다란 싱크대 속으로 예의 없이 머리를 처박았다. 그리고 상황을 파악할 새도 없이 입안으로 무언가를 사정없이 쑤셔 넣었다. 목구멍 깊숙한 곳까지 들어왔다. 헛구역질이 시작되고 나는 정말 많은 것을 쏟아 냈다. 어찌나 많이 나오던지 볼품없는 내 영혼까지 빠져나오는 줄 알았다. 시큼한 향기가 났고 눈물, 콧물 그리고 몸에 있는 모든 구멍에서 무언가가 다 흘러나왔다. "씨발, 나를 제발 가만히 놔둬"라는 말이 계속 나왔지만 목 안에 뭔가 박혀 있었기에 아무 말도 하지 못하고 온갖 것을 쏟아 내기만 했다. 그렇게 모든 것을 억지로 비워 냄으로써 나는 다시 비루한 삶 한가운데로 던져졌다.

'어쩌다!?'

나는 죽음의 문턱까지는 가지 못했지만, 평생 기도를 사용하지 못할 만큼 꽤 아슬아슬했다는 이야기를 전해 들었다. 양극성 스펙트럼 장애로 인한 자살 기도라는 진단을 받았다. 나는 그것은 자살 기도가 아니었다고 항변하고 싶었지만 나의 의견은 고려할 대상이 전혀 되지 않았고 반실신 상태였기에 곧바로 정신병동에 입원되었다.

"이렇게 될 줄은 나는 몰랐다" "내 언젠가 이럴 줄 알았다"라는 문장들이 머릿속에 떠올랐을 때, 나는 사방이 하얀 방의 침대에 누워 있었다. 그곳이 분명 어디인 줄 알고 있었다. 그곳은 요주의 환자를 관찰하는 안전 독실이었다. 분명 천장 구석에는 CCTV가 있을 것이고 카메라와 연결된 반대편에서는 그들이 나를 지켜본다 것을 안다. 움직이려 했지만 손은 무거웠다. 내 두 팔과 다리는 침대 모서리에 묶여 있었다. 솜씨 좋은 누군가가 능숙하게 잘 묶어 놨다는 것을 알 수 있었다. 내가 예전에 그랬던 것처럼. 그곳에서 내 몸에 밴 약물을 빼는 치료를 받았다. 59초에서 1분으로 넘어가기 전 아주 더딘 속도로 떨어지는 수액을 맞았고 줄을 통해 소변을 찔끔찔끔 쌌다. 그리고 실제인지 아니면 환영인지 모르는 상태 속에 있었다. 머리로 제대로 된 현실적인 생각을 할 수 있게 되자 간호사를 불렀다. 몸이 묶여 있기 때문에 움직일 수 없으니 그냥 천장을 향해 "여보세요, 거기 누구 있어요!?"라고 외쳤다. 한참 후 남자 조무사가 철문을 열고 들어와 필요한 게 있느냐고 물었다. 내 상태를 최대한 이성적으로 설명했고, 주치의를 불러 달라고 했다. 얼마나 지났을까? 주치의와 덩치 좋은 조무사가 방으로 들어와 침대 맡에서 나를 부담스럽게 내려다봤다. 여기서 혹시 일어날지 모르는 폭력 사태에 대비해서 그들은 늘 최소 두 명씩은 붙어 다닌다. 주치의는 몸 상태를 확인했고 내게 밥을 먹을 수 있겠느냐고 물었다. 별로 배고프지 않다고 했다. 의사는 그래도 먹어야 한다고 말하며 오늘 밤부터 식사를 미음으로 신청하겠다고 알렸다. 나는 고개만 살짝 끄덕이며 "줄 좀 풀어 주세요"라고 말했지만, 주치의는 이 줄은 나를 안전하게 보호하기 위한 것이라고 강조해 말했다. "알아요. 너무도, 저도 여기 폐쇄병동에서 2년 넘게 일한 적이 있어요"라는 내 말에 주치의와 조무사는 서로를 바라보며 그들끼리만 통하는 표정을 지어 보였다. 자해를 하거나 다시 죽을 마음은 없다고 말했지만, 주치의는 마냥 알았다고만 하고 방을 나갔다.

스물한 살 때 정신병원 폐쇄병동에서 28개월 동안 일했다. 그것은 내가 선택한 일이 아니었다. 신검에서 4급, 보충 예비역 판정을 받고 공익근무요원으로 배치된 곳이 바로 군인 정신병원이었기에, 폐쇄병동에서 일하게 되었던 것뿐이다. 만약 누군가가 내게 어디서 인생을 배웠느냐고 묻는다면 주저 없이 그 28개월에 대해 말할 것이다. 그곳에서 볼 꼴 못 볼 꼴을 다 봤고, 사람이라는 존재가 얼마나 부조리하고 좆같은 방식으로 빨리 변하는지도 봤다. 어떻게 그런 곳에서 내 청초하고 감성이 충만했던 20대 초반을 버텨 냈는지에 관해 말하고 싶지 않을 정도로, 그 시절을 기억에서 지우고 싶었다. 10여 년이 지난 지금 나는 이제 근무자가 아닌 환자로 이곳에 다시 돌아왔다. 독방 침대에 두 팔이 묶여서 천장을 보며 내 인생이 비극적이고 모순적이라고 생각했다.

내 몸에 그림자처럼 아예 붙어 버린 불안과 거의 죽을 뻔한 날 느꼈던 시간의 왜곡을 주치의에게 설명했다. 그는 별말 없이 내가 하는 이야기만 받아 적었다. 그러다가 주치의는 "그러니까, 그 왜곡된 시간 때문에 불안하다는 거죠?"라고 물었다. 나는 고개를 끄덕였다. "시간이 너무할 정도로 천천히 가요. 그리고 가끔은 내가 어떻게 할 새도 없이 너무 빨리 가고요. 그 안에서 뭘 어떻게 해야 할지 모르겠고, 계속 불안하기만 해요"라고 말했다.

"다른 문제는 없었나요? 예를 들어 연애 문제라든가, 아니면 하는 일 때문에 스트레스를 많이 받았다든가 하는?……" 의사의 물음에 나는 고개를 저었다. "엄마가 2년 전에 돌아가시고 상실감을 느꼈지만, 그래도 잘 견뎌 왔다고 생각해요. 그런데 날이 추워지고 온도가 떨어지면 떨어질수록 기분도 몸 컨디션도 같이 급강하는 기분이 들었어요. 그러다가 아까 말씀드린 것처럼 시간이 제멋대로 흐르기 시작했죠."

주치의는 쓰고 있던 볼펜을 흰 가운 주머니에 넣으며 말했다. "확실히 날씨, 습도, 일조량이 우울증에 영향을 주기도 해요. 제가 볼 땐 다른 사람들에 비해 예민해서, 불안이나 시간의 변덕을 크게 받아들이시는 거 같네요."

면담 후 병실로 돌아오면서 다시 한번 끝없이 이어지는 시간에 대해 생각해 봤다. 의심이 들었다. '정말 저들이 치료를 해 준다면, 그땐 불안해하지 않고 예전같이 온전한 내 시간을 되돌릴 수 있을까?' '평생을 지금처럼 거지 같은 시간 안에서 머리카락 한 올 한 올까지 불안해하며, 물에 빠져 허우적거리는 것처럼 살 순 없어.'

나는 군 정신병원의 폐쇄병동에서 일할 때, 평생을 병동에서 보내는 환자들을 무수히 많이 보았다. 그들은 자신의 의지로 퇴원도 하지 않고 감옥 같은 병동에서 늙어 갔다. 그때는 스스로를 가둔 것이라고 막연히 생각했지만 지금에 와서 입원해 보니, 그들이 왜 그랬는지 알 것만 같았다. 두려웠던 것이다. 그래서 모든 책임과 의무로부터 도망친 것이었다. 그들은.

　나 자신도 그렇게 될까 봐 두려워서 정신병동 복도 중앙에서 몸서리쳤다. 병실로 돌아와 침대에 누웠다. 병실은 6인실이었다. 나는 젊은 환자 축에 들었다. 대부분은 50대에서 70대였다. 그들은 각자의 정신적 문제를 지니고 있었다. 다행히 우리 방에는 폭력적인 환자들은 없었다. 그저 암울해 보이는 얼굴로 하루하루를 보낼 뿐, 서로 그 어떤 대화도 나누지 않았다. 각자의 세상 안에 머물 뿐이었다. 그들은 성경책을 읽거나 하릴없이 사방이 막힌 폐쇄병동 안을 온종일 왔다 갔다 걸을 뿐이었다. 나는 담배가 피우고 싶었고 친구들과 메시지도 주고받고 싶었다. 하지만 이곳은 정신병동이고 담배 같은 것은 없는 게 당연했고, 병동의 특성상 핸드폰도 금지 품목이었다. 물론 인터넷도 있을 리가 없었다. 일주일에 한 번인 면회가 세상과 접촉할 수 있는 유일한 시간이었다. 그들은 나를 보호하기 위해 세상으로부터 고립시켰다.

감옥에 갇혀 있는 것만 같았다. 아니 이곳은 진짜 감옥이었다. 하루 종일 막힌 병동에서 멍하니 창밖을 바라보거나 누나들에게 부탁해서 받은 책을 읽으며 시간을 보냈다. 시간은 여전히 나를 둘러싸고 빠르게 혹은 천천히 흘러가다가 어딘가에서 소멸해 버렸다. 솔직히 이 갇힌 공간에서는 밖에 있을 때보다 덜 불안하기는 했다. 갇혀 있기는 하지만 내가 그때처럼 무너진다면 여기에서는 즉시 도와줄 사람이 있다는 것이 나를 안도하게 만들었다. 이 겨울이 어서 지나가서 내가 부활하기만을 바랄 뿐이었다. 그러나 혹독한 겨울은 길었고 이제 겨우 중반을 지나고 있을 뿐이었다. 나는 조심히 상태를 살피며 하루하루를 보냈다. 어떤 날은 불안하지 않았다. 오히려 텅 빈 것만 같았다. 그런 날은 좀 홀가분해져서 다시 일상으로 돌아갈 수 있을 것 같은 기대감이 생겼다.

하지만 대부분은 눈을 뜨자마자 비명을 지르고 싶을 만큼 무서웠다. 침대 밖에 있는 모든 것들이 끝이 뾰족하게 되어 나를 겨누었다. 심지어 공기조차도 칼끝처럼 날카로웠다. 칼 수만 개에 둘러싸인 것처럼 불안했고 불쾌했으며 불편했다. 그런 날에는 이불을 뒤집어쓰고 바싹 마른입으로 숨죽여 호흡하며 공습 같은 시간이 나를 못 보고 지나가기를 바랐다. 나는 정말 알 수 없게 되어 버린다. '나는 앞으로 어떻게 되지?'

* * *

    나는 덩치 큰 조무사에게 벽에 걸린 시계를 떼어 달라고 부탁했다. 그는 "주치의와 이야기해 봐야 한다"라는 말을 성의 없이 했다. 과거의 경험으로 본다면 그 시계가 벽에서 떼어질 일은 없을 것이다. 그는 의사에게 나의 말을 아예 전하지도 않을 것이다. 그는 내가 정신병동 환자여서 내가 하는 말은 고장 난 뇌에서 나왔기 때문에 대꾸할 필요도 없다고 생각할 것이다.

    사람들은 당신이 미쳤다는 것을 알아차리는 순간, 당신의 진실은 거짓이나 질병이 되어 버린다. 병원 밖에서라면 한번 들어 보고 그에 대해 생각이라도 해 봤겠지만, 이곳에서 우리의 언어는 미친 소리에 불과하다. 나도 그랬었다. 그때 내가 그랬던 것처럼 이제는 그들이 내 말에 귀 기울이지 않는다. 난 조금 고독해져서 겨울 내내 언어를 잃어버리고 입을 닫아 버렸다.

    정신병원 폐쇄병동은 벽도 바닥도 하얗고 차분한 형광등이 밝히고 있지만 환자들의 얼굴은 색연필로 덧칠한 것처럼 어두웠다. 병동 어디에서든 나는 소독약 냄새, 창살이 있는 창문, 빳빳한 촌스러운 환자복, 효능이 미심쩍은 오색찬란한 알약들, 강압적인 금식과 관장, 목소리를 조금만 높여도 독방으로 끌려가는 우리들, 좀비처럼 병동 전체를 하릴없이 서성이는 환자들, 작게 웅성거리는 TV, 그리고 우리만 좇는 CCTV.

때때로 다른 환자들과 이야기하다 보면 '나도 저렇게 미쳐 버린 걸까?' 하는 생각이 들었다. 불은 이른 여섯 시에 켜지고 밤 열 시에 꺼졌다. 아침 식사는 08시 30분, 점심 식사는 12시 30분, 저녁 식사는 17시 30분, 장거리 비행기의 기내식처럼 그전 끼니가 소화되기도 전에 음식이 나왔다.

병동의 밤은 어떠한 인위적인 장소들에 비교해도 적막하다. 환자들은 약에 취해 억지로 잠들지만 꿈속에서조차 고통받는지 신음하며 어딘가를 헤매는 것처럼 보였다. 낮에도 그리고 밤에도 평온은 없었다. 아무리 약을 먹어도 나는 잠들지 못했다. 초조하지 않았다. 어차피 시간 흐름은 엉망이었고 그다음 날도 여기에 갇혀 있을 테니 부담도 기대도 없었다. 나는 어둠 속에 누워 천장을 바라보며 수많은 질문에 대해, 시간의 변덕에 대해 생각했다.

맞은편에는 나보다 다섯 살쯤 많아 보이는 남자가 있었다. 보기에는 멀쩡해 보였는데 그는 거의 종일 신문이나 책을 읽었고 가끔 공들여 편지를 썼다. 정신적인 문제가 없어 보였고 말하는 것을 들어 보면 나보다도 더 정상 같았다. 무슨 사연이 있기에 이곳에 장기 입원 중인지 의문이었다. 어느 날 그가 먼저 내 문제에 대해 물었다. 대충 얼버무리며 조우울증이라고 말했다. 자신이 전문의라도 되는 듯 "젊은 사람이 골치 아픈 병을 가지고 있네요"라고 말했다. 그러면서 조울증은 약의 용량을 잘 써야 한다고 말하며 내 주치의 이름을 거론했다. "그 양반은 소심해서 약을 과감하게 쓰지 않아. 맞는 약을 찾으려면 시간이 걸릴 겁니다"라고 전문가라도 된 듯 말했다.

이런 대화를 나누는 김에 그에게 어떤 문제가 있는지 물었다. 그는 자신은 아픈 것이 아니고, 시기 질투하는 사람들의 농간으로 억지로 입원하게 되었다고 말했다. 나는 재차 그것이 무슨 말인지를 되물었다. 그는 주변을 살피며 내게만 들리게 작은 소리로 말했다. "저는 삼성가의 숨겨진 아들인데, 삼성에서 이 사실이 알려지면 문제가 생길까 봐, 저를 여기 가둬 두고 있습니다." 그의 얼굴은 진지했다. 나는 대충 맞장구를 놓은 다음, 눈을 감고 더 이상 대화가 이어지지 않게 했다. 이런 나의 의도에도 불구하고 자신의 이야기를 내가 듣든 말든 끊임없이 해 댔다. 그 와중에 내 베개 밑으로 편지 한 통을 밀어 넣었다. 만약 내가 자신보다 먼저 퇴원하게 된다면, 이 편지를 중앙일보만 빼고 다른 신문사나 잡지사에 전해 달라는 말이었다. 자기가 이곳에서 나가게 되면 삼성에서 이사 자리를 주겠다고 했다. 나는 내가 이 정도로는 미치지 않았다는 사실에 안도했다.

그의 옆에는 아기 고양이처럼 잠만 주무시는 치매에 걸린 할아버지가 있었다. 낮에도 밤에도 대부분 잠들어 있지만, 때때로 뜬금없이 일어나 사물함에서 짐을 챙겨서 집에 가겠다며 한바탕 난리를 피우기도 하고, 자주 "꿀!"이라고 소리치며 온 병동을 돌아다녔다. 그러면 간호사들과 조무사들이 달래야 겨우 진정했다. 가뜩이나 불안한데 이런 난리를 보면 안 아프던 머리까지 다 아파진다.

여기까지는 귀여운 농담에 불과하다. 대각선에는 자신을 소년이라 믿는 할아버지도 있었다. 그는 가끔 홍시를 건네며, 나를 꼭 형님이라고 불렀다. 왜 날 형님으로 부르는지 이해할 수는 없지만, 이곳은 이런 곳이니 그리 이상할 것도 없었다. 그리고 우리가 함께한 장진호 전투에 대해 이야기한다. 똑같은 이야기를 하루에도 몇 번씩 했다. 항상 이야기는 그 겨울 전투에서 우리 모두 운 좋게 살아남는 것으로 끝난다.

이 정신병원에서 최고로 나를 슬프게 만드는 사람은, 밤마다 엄마를 찾는 86세 할아버지이다. 그는 엄마 찾아 삼만 리의 주인공처럼 엄마를 밤새 찾았다. 할아버지가 "엄마" 하고 부르는 목소리를 들을 때면 내가 정말 집에서 멀리까지 떠나온 기분이 들었다. 작년에 세상을 떠난 엄마가 생각났고, 엄마가 지금의 나를 보면 얼마나 많이 자책하고 걱정할지에 대한 생각을 하다가, 이렇게 망가져 버린 나 자신을 밤새 증오했다. 그 할아버지가 엄마를 찾아 슬리퍼를 질질 끌며 병동을 돌아다니면, 아무리 나이가 들고 정신이 미쳐 버려도 엄마라는 존재는 잊히지 않는다는 사실에 가슴이 내려앉았다.

열세 살짜리 아이도 있었다. 병동에서 가장 나이 어린 환자였다. 아이는 고통에 대한 두려움으로 입원했다는 것을 간호사들이 나누는 대화를 통해 엿들었다. 우리는 서로 만화책을 빌려 읽으며 친해질 수 있었는데, 실제로 아이는 참을 수 있는 고통의 정도가 남들보다 매우 낮았기에 실수라도 부딪히거나 그 아이의 몸을 만지기라도 한다면 "아얏~" 하고 비명을 질렀고 한참을 아파했다. '세상에 참 별의별 병도 다 있구나.' 차라리 나처럼 불안한 것이 아이의 병보다는 견딜만한 것 같았다. 나도 나지만 어떻게 이 아이가 거친 세상에서 살아갈 수 있을지 걱정되었다.

의사와 나는 마주 보고 앉았다. 옆에 다른 의사도 함께 와 있었다. 그들은 내 병원 생활에 대해 이것저것 물으며 여전히 시간에 대해 의심하느냐고 물었다. 나는 대답하는 대신 다음을 물었다. "며칠 전 조무사에게도 부탁했지만 제 방에 걸린 시계를 떼어 냈으면 좋겠어요. 그 이야기 전해 들으셨나요?" 의사는 긍정도 부정도 아닌 애매한 태도를 보였다. 그가 조무사에게서 어떤 말도 전해 듣지 못했다는 것을 짐작했지만 괜히 따지고 싶지 않아 시계에 대해서는 입을 다물었다.

예전에 베냐민 프레이의 『시간의 변덕』*에서 읽은 문장을 그들에게 말해 주었다. "우주에서 시간의 개념은 인간이 경험하는 시간으로 따질 수는 없다. 시간은 상대적인 것이지 결코 절대적인 것이 아니다. 시간의 정의는 각 공간적 상황에 따라 달리 나타날 수 있다."

나는 어떤 이유로 지금 시공간의 문제 때문에 이렇게 혼란스러운지 모르겠으며, 이 시공간에 내가 맞춰 가다 보면 결국 적응할 수 있을 것 같다고 최대한 진실을 담아 말했다. 그들은 내 말을 진지하게 들었다는 표정으로 서류에 무언가 적으며 눈빛을 교환했다. 이들이 내 말을 믿지 않고 있다는 것

* 아인슈타인의 일반상대성이론을 차용해 작가가 작중 개념어 '시간의 변덕'에 맞게 창작한 인물, 책이다.

을 순간 알아챘다. 이들은 내가 단단히 미쳤다고 결론 내릴 것이다.

주치의는 "시공간에 대해서 따지는 것은 잊어버리고 그냥 시간의 흐름에 몸을 맡겨 보는 것은 어떨까요?"라는 하나 마나 한 이야기를 했다. 나는 불만을 토로했다. "그럴 수만 있다면 얼마나 좋겠어요. 시간 같은 건 그냥 알아서 흐르든지 말든지 신경 쓰고 싶지 않은데, 벽에 걸린 시계가 너무 잘 보여 자꾸 시간을 확인하니 모른 척할 수가 없어요."

주치의는 흥미를 잃은 표정으로 내 얼굴 대신 차트만 보고 있었다. 주치의 옆에 있던 의사가 물었다. "불안은 어떤가요?"

나는 엄지발가락부터 정강이, 허벅지, 배꼽을 거쳐 가슴을 지나 목에서 머리, 머리카락을 검지로 쭉 이어 가리키며 말했다. "이게 불안이 움직이는 길이에요. 이 길을 따라 불안이 거미처럼 기어올라 몸 전체를 잠식하는 느낌이 끔찍해요." 곧바로 그들에게 말했다. "그렇다고 약을 늘리고 싶지는 않아요." 주치의는 자신이 대단한 결정권자라도 되는 듯 말했다. "약은 제가 알아서 처방할 테니 걱정 마세요."

나는 하소연했다. "지금도 약이 센 거 같아요. 머리가 잘 안 돌아가서 생각도 잘 못하고 종일 몽롱해요. 불안한 것도 괴롭지만 몽롱한 것도 못 참겠어요" 나는 순간 후회했다. 분명 이들은 이런 나를 더 과민하게 봤을 것이다. 나는 사과나 변명 대신 비굴하게 웃어 보였다.

적는 걸 멈춘 주치의가 프로이트의 말을 인용해서 불안과 예민함에 대해 설명을 하기 시작했다. 나는 속으로 프로이트는 개자식이라고 생각했다. 그리고 그 프로이트 이론 같은 것으로 내 증상을 설명하는 의사 역시 돌팔이라 확신했다. 프로이트, 꿈에서 모든 것의 증거를 찾으려고 했고, 콤플렉스와 섹스로만 인간의 정신을 분석하려고 했던 남자가 아닌가!

하지만 나는 싫은 내색도 하지 않고 고개를 끄덕이며 열심히 경청하는 척했다. 결론은 이러했다. 나의 문제는 시간과 불안에 대한 강박관념에 의한 것이라고 했다. 결코 수긍이 되지 않았지만 고개를 끄덕거렸다. 우리의 면담은 주위만 맴돌다 끝났다.

역시나 저녁 때부터 약은 추가 되었다. 약에 대해 간호사에게 불평을 했지만 돌아오는 대답은 "주치의 선생님이 그렇게 하신 거예요"라는 말뿐이었다. 나는 그 오렌지색 쌀알 모양의 약을 삼킬 수밖에 없었다. 분명 이것을 먹으면 약에 취해 몸은 무거워지고 멍해져서 다른 환자들처럼 고분고분해질 것이다. 이 약이 필요한 건 나보다 그들인지도 모른다. 너무할 정도로 순진하고 스스로에게 도취되어 정작 중요한 것을 볼 줄 모르는 것이다. 그러니까 프로이트나 외우고 다니는 것이다.

나는 정신병동 안에서 처치 곤란한 환자였다. 정신과가 돌아가는 시스템을 잘 파악해서 그들이 어떤 방식으로 환자를 대하는지 잘 알고 있었기 때문이다. 정신병동 근무 경험으로, 무엇보다 약에 대해서도 잘 알았다. 치료자들, 그러니까 주치의와 간호사, 조무사 들은 나를 대할 때면 항상 누가 더 논리적으로 말하는지 대결하는 것처럼 견제했다.

나는 쉽게 지지 않았다. 그들이 하는 말의 의도를 이미 꿰뚫어 봤고 그들보다 더 많은 심리학 서적과 인문서를 읽었기 때문에 사사건건 따지고 들었다. 분명 치료자들은 나라면 치를 떨 것이다. 더 이상 시간의 변덕이나 불안에 관해 말하지 않았다. 어차피 나를 이해하지 못한다는 것을 알았고, 무엇보다 빨리 퇴원하고 싶어서였다. 진실은 나만 알고 있으면 된다고 생각했다. 그래도 퇴원은 기약이 없었다.

누나들이 면회를 왔다. 부탁한 책들은 가지고 오지 않았다. 왜 가져오지 않았느냐는 물음에 누나들은 얼버무렸다. 분명 주치의가 책들이 치료에 도움을 주지 않으니 가져다주지 말라고 했을 것이다. 이들은 항상 이렇게 치사한 방법을 썼다. 하지만 짜증 내거나 분노하지는 않았다. 다만 무기력한 기분에 고개를 떨구고 누나들이 싸 온 딸기를 먹었다.

나는 두 누나에게 물었다. "누나, 정말 내가 미쳐 버린 걸까?"

누나들은 이 질문에 난처해하고 슬퍼한다는 것을 알았지만, 밖에 있는 사람들에게 확인하고 싶었다. 보편적인 인간의 시간 안에서 나 자신이 어떻게 보이는지를. 누나들은 그저 지쳐 보인다고, 미친 것은 아니라고 위로하며 곧 괜찮아질 것이라 말했다. 나도 그러고 싶다고, 다시 내 방, 내 침대로 돌아가고 싶다고 말했다.

면회가 끝나고 나는 병실로 가서 하얀 벽에 걸린 시계를 떼어 냈다. 환자들이 "왜 그러느냐?"라며 물었지만 대꾸하지 않고, 간호사실로 시계를 가져다줬다. 간호사는 당황해하며 급하게 전화를 걸었다. 그들은 나를 불러 세웠지만 무시하고 병실로 돌아가 침대에 누워 텅 빈 벽을 봤다. 한결 편안해졌다.

건장한 조무사 둘이 주치의와 함께 병실로 급히 달려와, 시계는 왜 떼어 냈는지 물었다. 시계를 보지 않으면 시간으로 스트레스 받지 않을 것 같았다고 말했다. 주치의는 내 의도가 무엇이었든 관심 없다는 듯 말했다. "병동에서 마음대로 물품을 옮기는 행위는 다른 환자들을 위협하고 공포심을 줄 수 있어요. 집중치료실로 가야겠습니다."

병동의 규율을 어긴 환자들을 집중치료실이라 불리는 독

방으로 가두던 예전의 내 모습이 떠올라 울적해졌다. 반항하지 않고 조용히 따라가려 했지만 조무사가 죄인 취급하듯 두 팔을 양옆에서 잡았을 때 나는 폭발하고 말았다. 피가 쏠려 얼굴이 붉어지고, 침이 입에서 흐를 때까지 욕했고 발버둥 쳤다. 하지만 양옆의 힘을 이기지 못하고 질질 끌려가 집중치료실 침대에 묶였다. 주치의가 침대에 묶인 내게 판사가 선고를 내리듯 말했지만, 그가 무슨 말을 하든지 별로 상관하고 싶지 않았다. 안정제 주사를 맞았다. 그 와중에 내가 과거에 했었던 일을 지금은 당하는 신세가 되었다는 사실이 참담했다. 그때 환자들이 왜 억울해하며 눈물을 흘렸는지, 이제야 이해할 수 있었다. 문제는 병든 환자들이 아니라 정상적인 세상의 오만함이었다는 것을.

눈 내리는 도시를 가로지르는 길 위를 맨발로 걷고 있었다. 도시에는 나만 빼고 모두 떠나 버린 것처럼 아무도 없었고, 내리는 눈에 모든 소리가 싸였는지 고요하기만 했다. 세계는 이제까지와는 다르게 명확했다. 보잘것없는 몸은 이리저리 부유하는 해파리같이 힘이 없었다. 나는 알아차렸다. 내가 더 이상 불안하지 않다는 것을.

언제나 심장 한쪽을 꽉 물고 매달려 있던 그것이 이제 여기에 없었다. 언제인지 기억나지 않지만 오래전부터 불안 속에 살면서, 불안하지 않다는 것이 어떤 기분인지도 잊어버렸지만 나는 알게 되었다. 홀가분함, 그리고 몸이 아프지 않다는 것이 무엇인지를 느꼈다.

아무도 밟지 않은 눈 위를 걸었다. 발이 시렸지만 그 차가움이 머리를 상쾌하게 했다. 지금 나는 꿈꾸는 게 아니라 아까 맞은 주사 때문에 내 시간의 변덕 속으로 들어왔을지도 모른다. 아니면 진짜로 내가 미쳐 버려 환상 속에 있는 것일 수도 있다. 아무래도 좋았다. 나는 더 이상 불안하지 않았고 시간 따위는 어찌 되어도 상관없었다. 이 사실을 의사들, 간호사들, 누나들, 아버지, 엄마에게 말해 주고 싶었다.

'저 이제 괜찮아요.'

그들은 나처럼 불안했던 적도 없을 것이다. 그들은 나처럼 시간의 변덕 때문에 무너져 내린 적도 없을 것이다. 나는 이 모든 것을 알지만 그들은 몰랐다. 텅 빈 도시에 내리던 눈은 멈췄고, 눈을 뜨니 나는 침대에 묶여 있었다. 주변에는 아무도 없었다. 그리고 까만 밤이었다. 눈물이 났다. 엄마에게 안겨 엉엉 울고 싶었다. 하지만 숨죽여 눈물만 흘렸다.

이제 아무도 이대로의 나를 받아 줄 사람은 없을 것이다. 사람들은 내가 너무 예민해서, 너무 불안해서, 너무 상처 받아서, 결국 미쳐 버렸을 거라고 어느 날 믿을 것이다. 바지에 오줌을 쌌다. 나는 정말 괜찮아졌다. 불안도 시간도 다 넘어섰다는 걸 느꼈다. 그러나 여기서 나갈 확률은 적어졌다는 것도 나는 알고 있다.

나는 정말 미치지 않았다. 다만 좀 더 예민할 뿐.
어쩌면 미친 것은 당신이고, 그들이고, 세상이다.
나는 안다. 나만 미치지 않았다는 것을!

5부

나는 내가 어쩐지 슬퍼졌다

철학의 목표는

죽음을 준비하는 것이다.

— 미셸 드 몽테뉴Michel Eyquem de Montaigne

내 믿음은 엉망이다

불운함이 감도는 날에는 집으로 돌아오자마자, 옷을 모두 벗고 거실에서 천일염을 한 줌 쥐고 온몸에 뿌린다. 그렇게 하면 밖으로부터 묻혀 온 나쁜 것들이 내 몸에서 후드득 떨어져 나간다고 상상한다.

거실 바닥에 떨어진 천일염 알갱이를 밟으며, 입으로는 "하나님 감사합니다. 오늘도 저를 보호해 주시고 이끌어 주셔서. 그리고 염치없지만 하늘에 계신 엄마도 잘 부탁드려요. 아멘"이라고 간절히 기도한다.

나는 늘 불운과 징크스에 예민하고, 나는 기독교인이기는 하지만 얍삽하게 모든 종교와 신에 열려 있다. 나의 종교적 믿음은 엉망이다.

"있었다" 과거형으로 말하기

있었다.

모든 게 어설펐지만 그것만으로 칭찬받던 청춘이

있었다.

더 멀리 그리고 아무도 가 보지 못한 곳을 동경하는 마음이

있었다.

몇천 번을 반복해서 듣고 들었던 노래가

있었다.

『중력과 은총』을 빌려 가 스무 해가 넘도록 돌려주지 않은

애인이

있었다.
나를 '아름다운 시절의 증인'이라고 부른 사람이

있었다.
잠 못 드는 밤 홀로 나무로 깎아 만든 곰 조각이

있었다.
엄마가

있었다.
믿고 기도하던 하나님이

진짜 있었다.
입 밖으로 꺼낸 적 없던 고백이

정말, 거짓말 안 하고 있었다.
내가 가장 예뻤을 때가 말이다.

지금에 와서 이 이야기를 당신이 믿을지 모르겠지만.

나는 대혼란을 원한다

나는 대혼란을 원한다.

나는 세계적 전쟁을 기다리고 있다. 그동안 강자가 만들고 이룩한 모든 것이 부서지고 사라져서 모든 사람이 동일 선상에서 공평하게 다시 시작하길 원한다. 그렇게 이 시대를 리셋하고, 모든 사람들이 같은 출발점에서 시작했으면 한다.

비록 약한 몸짓일지라도 상상력을 가지고 모든 것을 다시 시작하고 싶다. 그렇게 해서 얻은 결과가 좋든 나쁘든 나는 깨끗하게 인정할 수 있다. 정말 나, 제대로 다시 해 보고 싶다.

그래야 내가 다시 살 수가 있다.

누군가가 전해 들었다고 하더라

밤새 내린 비는 열린 창으로 쓸려 들어와 내 방 안을 가득 채웠고, 결국 길고 구불구불한 강이 되어 세상 끝을 향해 흘러갔다. 큰 물줄기에 나의 집과 너의 고양이까지 그리고 모든 게 떠내려갔다.

나는 홍수 속에서 오랫동안 만나지 못하던 사람들을 다시 만났다. 우리는 정처 없이 떠내려가며 안부를 물었고 젖은 몸으로 반가운 포옹했다. 모든 걸 잃었다고 절망하는 사람은 아무도 없었다. 물에서는 소나무 향기가 나고 엄마의 품처럼 부드러운 물살에, 얼굴만 내밀고 홀가분했고 평온한 미소로 하늘을 바라봤다.

나는 홍수 속에서 너를 찾을 수 없었다. 사람들에게 너에 대해 묻고 있을 때, 비는 멈추고 태양이 물로 녹아들어 세상을 붉게 물들일 때, 바람에 실려 들려오는 말.

'누군가가 전해 들었다고 하더라, 네가 숨 쉬는 소릴.'

바람이 부는 방향을 바라보며 나는 조용히 내뱉었다.
'네가 살아 있어서, 다행이다.'

○
내가 상상한 천국은, 엄청나게 내린 비에 세상은 홍수가 나서 모든 게 떠내려가는 모습이었습니다. 거기에는 신, 최후의 심판도 밝은 빛이나 천사들도 없었습니다. 대신 그동안 만나지 못했던 사람들과 그동안 하지 못했던 이야기를 나누며, 어딘가로 떠내려가는 곳이었습니다.

아무도 우는 사람이 없고, 아무도 아픈 사람이 없고, 아무도 혼자 남겨진 사람이 없고, 그리고 이별도 없는 곳이었습니다.

하얀 백합이 밤하늘에서 내렸던 날의 이야기

텔아비브에 사는 너에게

너의 다정한 메시지에 대한 게으른 답장을 보내.

솔직히 바빴던 건 아냐. 다만 영어로 뭔가를 쓸 여력이 없었어. 모국어가 한글인 내가 너에게 영어로 애정 어린 메시지를 보내는 일은, 마치 너와 나 사이를 가로막고 있는 가시덤불을 넘어가는 일과 비슷하다고 할 수 있어. 노력하면 넘을 수는 있겠지만 그러려면 다짐이 필요하거든.

나는 아직도 섬에 있어. 그때 내가 말했던 것처럼 책 작업하러 와서 벌써 이 주째 머물고 있어. 오늘 이곳은 눈보라가 심해서 섬과 육지 사이를 운행하는 배가 뜨지 않는다고 해. 내일까지, 아니 어쩌면 앞으로 계속……. 자세한 건 몰라. 이

건 인간이 할 수 있는 일이 아니라 자연의 영역일 테니까.

육지와 고립된 여기 사람들은 그저 바람이 잦아들고 파도가 잔잔해져 배가 뜨기를 그저 집에서 기다릴 뿐이야. 이제는 이런 상황에 적응하도록 진화해 버린 돌고래들처럼 조바심 내지 않고 기다릴 뿐.

나는 이 섬에 유일하게 있는 카페에 앉아 네게 메시지를 보내며, 안드레아스 숄Andreas Scholl의 〈백합처럼 흰White as Lilies〉을 듣고 있어. (풍랑주의보가 뜬 날이라 카페에는 나밖에 없어.)

프랑스의 클래식 음악 전문 레이블 '아르모니아문디Harmonia Mundi'에서 발매된 카운터테너(여성 음역대로 노래하는 남성 테너)의 음악이야. 클래식을 즐겨 듣는 편은 아니지만 아침에 일어나 창밖으로 바닷바람에 눈이 휘날리는 걸 보고, 오늘은 작업하며 이 노래를 들어야겠다고 생각했거든.

나에게는 진한 추억이 있는 노래이기도 해. 대학교 1학년 때 사귀던 여자 친구가 선물한 앨범에 실린 곡이라 이 노래를 들으면 자연스럽게 그녀가 떠올라 가슴 한구석이 먹먹해지거든. 여자 친구는 클래식을 전문으로 수입하는 음반사에서 일해서 클래식에 대해 무척 많이 알고 있었어. 그녀 덕분에 그때 꽤 훌륭한 클래식 음악을 많이 들었지. (넌 클래식 좋아해?)

예전 여자 친구 이야기 나와서 말인데, 그때 생각이 난다. 여자 친구는 나보다 여섯 살 많았어. 나는 스물한 살이었고 그녀는 스물일곱 살. 지금에 와서 생각해 보면 우리 둘 다 어렸지만 그때는 나이 차이가 네가 있는 텔아비브Tel Aviv와 전라남도 신안에 있는 이 섬의 거리만큼 까마득하게 느껴졌었어. (그리고 1997년 대한민국에서는 여섯 살 차이 나는 여자와 만나는 건 평범하지 않은 일이었어.)

그녀와 나는 아르바이트하던 음반 가게에서 만났는데, 여자 친구는 클래식 코너를 담당해서 일주일에 두어 번 만날 수 있었어. 첫눈에 반한 건 나였지. 그녀는 피부가 아주 뽀얗고 은색 안경이 잘 어울렸고 나와는 달리 차분한 성격이었어.

처음에는 동료 그리고 누나와 동생 관계로 시작해서 나의 열정과 패기 있는 고백으로 나는 그녀와 사귈 수 있었어. 둘이서 항상 음악을 나눠 들었어. 내 인생에서 그때만큼 영화나 음악을 진심으로 들어 본 적이 없었어.

항상 취향이 잘 맞았던 우리는 내가 스물네 살이 되던 1월에 헤어졌지. 우리가 헤어진 이유가 뭔지 알아? 성격 차이나 상대의 외도, 서로의 마음이 식어서가 아니라 여섯 살이라는 나이 차 때문이었어. 이해할 수 있겠니? 당사자인 나도 이해할 수 없어. 나이 차이가 난다고 그녀에게 이별을 말한 것이.

열 살도 아니고 스무 살도 아닌, 그저 6년 차이였는데 말이야. 내가 스물네 살이 되고 그녀가 서른 살이 되었다는 게 내게는 꽤 쇼킹한 일이었던 거 같아. 앞자리가 단지 2에서 3으로 바뀌었을 뿐이었는데, 그것이 내게는 어마어마한 부담으로 다가왔거든. 그리고 이런 생각이 들더라! '그녀와 결혼해야 하나?'

스물넷인 내게 결혼이라는 단어는 생각해 본 적 없는, 내게는 존재하지 않는 개념이나 마찬가지였어. 그녀와 결혼하는 게 싫었던 것이 아니라 정말 결혼 자체가 두려웠어. 결혼하면 지금까지의 나의 진정성과 청춘, 그 모두를 잃어버릴 거라고 믿었거든. (사실 생각해 보면 스물네 살인 내게는 진정성이고 나발이고 하나도 없었는데 말이야.)

결국 나보다 여섯 살 많은 서른인 여자 친구와 계속 만나면 반드시 결혼해야 할지 모른다는 불안감 때문에 나는 그녀에게 이별을 말하고 말았지. 그때는 내가 많이 어렸고 아주 이기적인 새끼였어.

그로부터 시간이 얼마나 지났을까? 서른 살이었던 그녀보다 훨씬 나이 들어 버린 지금, 나는 오랜만에 이 노래를 찾아 듣고 알 수 없는 표정을 지으며 너에게 이 메시지를 보낸다. 지금이라도 찾아가서 그때는 내가 철이 없었고 비겁했다고 말하며 무릎 꿇고 사과하고 싶어. 나라는 사람은 늘 후회하는 존재인가 봐. 나도 이런 내가 싫다!

잘 지내! 그리고 무엇보다 안전하게 지내길.

○

진짜 미친 이 이후의 이야기를 해 줄까?!

여섯 살 연상인 여자 친구와 헤어지고 나서 만난 새로운 여자 친구는 나보다 다섯 살 연상이었어. 나 정말 미쳤지?! 이십 대의 나는 정말 개선할 여지가 없는 놈이었다.

○

그리고 너에게 부탁하고 싶은 게 있어. 이스라엘-팔레스타인 전쟁에 대한 이야기는 하지 말아 줬으면 좋겠어. 우리가 친구이긴 하지만 무작정 이스라엘 편을 들고 싶지는 않아. 그전에 이스라엘과 팔레스타인의 관계에 대해서 더 공부한 후 내 생각을 말해 줄게.

이 점 너무 기분 나빠하지 않았으면 좋겠다. 나는 너라는 사람을 좋아하는 거지, 네가 이스라엘인이라서 좋아하는 것은 아니니까. 네가 팔레스타인인이라고 했어도 나는 같은 말을 했을 거야.

당신은 왜 하필 사람인 거죠?

당신에게만 말해 줄 것이 있습니다. 저는 사람을 정말 별로라고 생각합니다.

하지만 동물들은 좋아합니다. 큰 틀에서 보면 인간도 동물에 들어가겠지만, 제가 말하는 동물은 인간을 뺀 나머지 생명체들을 말하는 것입니다. 사람을 싫어하는 이유는 아주 간단합니다. 제가 사람이기 때문입니다.

'사람은 자신이 속한 인류를 의심하고 싫어한다'

'나는 사람이다'

'그러므로 나는 사람들을 싫어한다'라고 간편하게 삼단논법으로 정의 내릴 수는 없지만, 저는 사람이 저주에 가까운

이기적 유전자를 지니고 있기에, 어떤 상황을 겪었을 때 모두 비슷한 반응을 보일 것이라고 생각합니다.

저는, 사람은 말을 해서 싫습니다. 글을 써서 강요하듯 사고와 감정을 퍼뜨리는 게 구려 보이고, 남자와 여자, 그리고 LGBTQIA＋로 정체화하는 것을 다 이해하지 못했고, 타인에게는 관대하지 않으면서 자신은 너무 아끼고 소중하게 대하려는 것도 별로입니다.

대부분 멍청하면서 자신이 다른 사람보다 특별하다고 스스로 정신 승리하는 게 못마땅하고, 끼리끼리 몰려다니며 뭉치는 것도 마음에 안 듭니다. 안 해도 될 후회와 참회를 하면서 자학하는 것을 보면 딱할 지경입니다. 자꾸 뭔가를 만들어 내서 발전하는 것도 싫습니다.

달에 간 것도 화성에 가려는 것도 막고 싶고, 분명 바다를 더럽히고 산을 주저앉게 만들고 빙하를 녹이는 것이 좋지 않은 일이라는 것을 알면서도 멈추지 못하는 걸 보면 아직까지 멸망하지 않은 게 이상할 정도입니다.

보다 윤택하게 살기 위해 주변에 민폐를 끼치는 건 용납이 안 되고, 민주주의를 만든 것도 공산주의를 만든 것도, 그리고 자꾸 무슨무슨 주의나 시대를 정의 내리려는 것도 다 헛되어 보입니다.

스포츠로 누군가는 승리하고 나머지는 패배하는 게 불편합니다. 잘못은 절대 인정하지 않고 그 잘못을 또다시 반복하는 게 불편합니다. 외로움과 고독함의 차이를 모르는 것도, 스스로 조울증, 공황장애, ADHD 등 정신질환을 겪는다고 병원에 가는 것도 지겨워 보입니다.

소셜미디어 같은 걸 만들어 낸 것은 아담과 이브가 사과를 따서 먹은 이후 최고의 실수이고, 무엇보다 사람이 싫은 건 제 말에 아무 답이 없는 당신 때문입니다.

저는 사람이 싫은 이유를 이것 말고도 더 찾아낼 수 있습니다. 사람들로 가득 차 있는 이 세상에서, 제가 견뎌 내는 방법은 때때로 사람들에게서 떠나는 것입니다. 저를 알고 제가 아는 사람이 없는 곳으로, 사람들과 언어가 통하지 않는 곳으로 말이죠.

그곳은 아이슬란드, 히말라야, 인도, 미국의 국립공원 캠핑장, 중동 사막에 있는 오아시스 마을, 눈으로 고립된 북유럽의 국경 마을, 외진 섬 등등 다양합니다. 떠나서 한동안 지내다 보면 제가 싫어하는 사람들이 그리워지거나 왼손을 혼자 깨물 만큼 고독해지면 사람들에게로 슬그머니 돌아옵니다.

또다시 사람들의 존재가 버거워지면 다시 떠나는 일을 반복하고 있습니다. 그렇게 사람들과 간헐적으로 고립되어 있어야 저는 여기서 살아갈 수 있는 것입니다. 저는 솔직히 당신이 인간이 아니었으면 좋겠습니다. 노래라든가, 시구라든가, 햇살이었다면. 저는 당신을 의심 없이 마음껏 사랑할 수 있었을 텐데.

나는 인류애에 불타고 있다. 그런데 놀랄 일은 내가 인류를 사랑하면 할수록 인간 하나하나에 대한 사랑은 오히려 점점 더 사그라든다는 사실이다. 공상 속에서는 지극히 열정적인 인류에 대한 헌신을 꿈꾸지만 …… 나는 그 어떤 사람과도 이틀 동안을 한 방에서 지낼 수가 없다.

― 표도르 도스토옙스키, 『카라마조프가의 형제들』에서

언젠가 그때가 오면

당신에게 말한 적이 있습니다.

방콕에서 나이트 버스를 타고 빠이Pai에 가자. 에까마이 Ekkamai에서 가장 잘나가는 클럽에서 춤을 추자. 일요일 오전 통로Thong Lor의 더코먼스The Commons로 재즈를 들으러 가자. 후아힌Hua Hin 바닷가에 우리만의 레스토랑이 있는 게스트 하우스를 만들자. 탐스러운 사과알처럼 둥근 달이 뜨는 밤 꼬파응안Ko Pha Ngan으로 풀문파티에 가자. 게이 바와 트렌스젠더 바들이 넘쳐 나는 아속Asok역 소이카우보이Soi Cowboy를 밤새 걸어 보자. 해먹에서 지그재그로 누워 담배를 피우자. 그리고 자라홈Zara Home 세일을 기다리자.

나는 백석의 나타샤처럼 당신을 사랑했고 당신은 나를 의심하지 않았습니다. 누군가를 사랑하는 일, 그리고 서로 애정을 주고받는 일은 반드시 돌려받아야 할 부채는 아닐 것입니다. 우리가 그랬죠.

우리 각자가 돌려주거나 돌려받아야 할 감정이나 말들은 아무것도 없었습니다. 이런 우리가 함께 존재한다는 건 바람한 점 불지 않는 적도를 가로지르는 갈매기 같았습니다. 그때 우리에게 삶, 아니 하루조차 살아가는 것에 대해 그 어떤 열정이나 기대도 없었습니다.

우리에게 하루는 거리에서 나눠 주는 헬스클럽 전단지처럼 아무런 의미가 없지만, 받아야만 하는 것이었습니다. 좀비처럼 일어나고 끼니를 챙기고 굴레 같은 경제적 활동을 하고 생활 반경 안에 있는 사람들과 끌어안고, 반대로 밀어내고, 그리고 밤이 되면 약을 먹고 잠을 잤습니다.

삶은 이렇게 너무 익숙한 곳이었고 그래서 더 의미가 없는 곳이었습니다. 그래도 산다는 것이 가끔은 설레고 때때로 불안하고, 불현듯 슬프거나 기쁘기도 한 것인데, 우리 감정은 큰 변동 없이 유지되는 휴지 조각 같은 주식이었습니다.

우리는 몇 년을 알아 왔지만 실제로 세 번을 만났습니다. 피천득의 수필 「인연」에 나오는 어린 스위트피 같았던 아사코처럼.

지난해 12월의 첫 번째 날이었습니다.

"나를 잡아 줘"라며 제게 말했던 날은. 당신의 말에 저는 깜짝 놀랐죠. 그런 말은 태어나서 지금까지 한 번도 들어 본 적이 없고 어디서 읽어 본 적도 없는 말이었거든요. 당신의 말을 듣고 저는 '이소라가 부르는 노랫말 같다'고 생각했습니다. 처참하지만 아름다웠네요.

저는 당황해서 두어 박자 늦게 "가고 싶지 않으면 가지 마"라고 했네요. 당신은 웃으며 농담이라고 말했고 저도 따라 웃기는 했지만, 당신과 나는 그게 절대 농담이 아니라는 것을 알았습니다. 하지만 그때 저는 무엇을 어떻게 해야 하는지 알 수가 없었습니다.

다만 생각이 많았습니다. 아버지와 식구들에게는 뭐라고 설명하지? 당신의 아이는 누구와 사는 거지? 세상이 우리에게 퍼부을 비난의 화살을 감당할 수 있을까? 그것들은 저로서는 상상도 할 수가 없는 영역이었습니다.

하지만 당신을 잡아 달라는 말에 늘 희미하게 깜빡거리던 심장이, 당신이 쥐어짠 것처럼 강하게 움직였습니다. 무진기행의 무진처럼 안개에 휩싸였던 머릿속이 또렷해졌고, 차가운 장기가 뜨거워지는 것만 같았습니다. 생각해 보면 살아오면서 들었던 말 중 가장 떨리게 하는 말이었습니다. 그리고 지금까지 나를 그렇게 당황시킨 말은 들을 수 없었습니다.

"오늘 말고, 언젠가 우리가 후회하지 않을 때 같이 살아 보자. 나는 그날을 기다리고 있을게." 나는 말했습니다. 진심이었습니다. 물론 이런 상황에서 말하기에는 비겁한 변명인 것도 맞습니다.

하지만 확실히 하고 싶었고 운명이라는 것을 믿어 보고 싶었습니다. 좀 더 나은 상황이라는 것이 우리(특히 당신)에게 있다면, 그때 가서 정말 같이 살고 싶었습니다.

○

지금은 서로의 안부도 모른 채 수많은 날들을 흥청망청 날려 보내듯 살아가고 있습니다. 이건 그렇게 오래된 이야기가 아닌데, 글로 쓰고 보니 아주 오래된 이야기 같네요.

저는 철학책을 자주 읽고, 글을 쓰는 일이 아닌 다른 일을 찾고 있고, 예전처럼 레코드를 많이 모으지 않고, 버릇처럼 먹던 안정제는 많이 줄였고, 대신 식물들을 몇 포기 키웁니다. 그리고 여전히 저는 운명을 믿고 있습니다. 정말 우리가 말한 적당한 때가 와서 같이 태국 호이안Hội An에서 살게 되길 말이죠. 그때의 비겁함도 지금의 기다림도 모두가 나의 진심입니다.

○

인쇄 직전 당신에게 메시지를 받았습니다. 이제 기약 없는 이 짓거리는 그만두자고, 모든 걸 덮고 각자 살아가자고, 진짜 안녕이라고.

태어날 만한 가치의 강요

자주는 아니라도 때로는 에리크 사티Erik Satie 음악을 듣는다. 그리고 생각한다, "사티의 음악을 듣는 것만으로도 태어날 만한 가치가 있구나."

다른 사람들이 동의할지는 모르겠다. 하지만 내 말이 맞다고 본다. 어떤 음악들과 어떤 문장들은 너무 주관적이라 이유를 들어 설득하기보다는, 고집부리거나 강요하는 것으로도 충분하다.

내가 톰 웨이츠를 들을 때 하는 것

그런 기분을 느껴 봤을지 모르겠네요.

때때로 모든 것이 낯설고 불편하게 느껴질 때 말예요. 분명 내가 꿈결이 아닌 현실에 있다는 것도 정확히 알고, 사방은 분명 내 것들로 채워져 있어도, 나의 온기가 스민 옷을 입고 있어도, 기억하는 노래들과 책의 문장들 그리고 사람들까지, 그 무엇도 내 것이 아닌, 모든 것을 남에게 빌려 와서, 내일 당장 돌려줘야 하는 것처럼 낯설고 마음이 불편해지는 것을 때때로 느껴요.

그런 때가 오면 나는 청소를 해요.

레인지 후드의 기름때를 제거하고, 흰 티와 양말을 표백하고, 구겨진 면 가방을 다림질하기도 하고, 누가 시키지도 않았지만 골목길에 놓인 쓰레기들을 분리수거하고, 거리의 담배꽁초를 줍고 전봇대에 붙은 스티커를 떼어 내기도 해요.

이런 나를 본다면 그동안 제멋대로 살더니 결국 돌아 버린 거라고 볼 수도 있어요. 누가 봐도 평범한 행동은 아니잖아요. 그래도 사람들이 이런 나를 보고 이상하다고 생각하지 않는 것 같아요. 왜냐하면 청소할 때 최대한 깔끔하게 옷을 입고, 불편해도 레드윙 워커를 신고, 헤드폰을 쓰고, 이 모든 일을 명쾌하게 진행하기 때문이에요.

만약에 거리에서 꽁초를 줍거나 남의 집 쓰레기를 분리수거하는 나를 당신이 본다고 하더라도, 부끄러워서 모른 척 그냥 지나가지 않을 것이라고 장담할 수 있어요.

이런 일을 몇 시간이나 합니다.

그렇다고 해서 내가 느끼는 이 어색한 기분이 사라지는 것은 아니지만, 이렇게 청소라도 하고 나면 세상에 쓸모 있는 존재가 된 것 같아서 안심이 되더라고요. 나는 말이죠. 이 사회에서도 그렇고 나 스스로에게도 그렇고, 쓸모 있는 사람이 되고 싶어요. 나는 글 쓰는 일을 해 왔잖아요. 글 쓰는 일은 단번에 성과가 나는 일이 아닙니다. 항상 링 위의 권투선수처럼 혼자서 해낼 수밖에 없는 일이죠. 그래도 권투 시합에서는 상대 선수가 있지만, 글 쓸 때의 상대편은 언제나 나 자신이지요.

글 쓰는 나와 그 글에 확신하지 못하는 내가 서로 치열하게 상대합니다. 그것도 아주 길고 긴 경기를 말이죠. 그리고 바로바로 승패의 결과가 나오는 것도 아닙니다. 결과라는 것도 쓴 글이 책으로 나와야 알 수 있어요. 나 같은 상업 작가에게 승패는 책이 나오고 나서 얼마나 팔리는지에 따라 결정되는 것 같아요. 물론 팔리는 게 전부는 아니지만, 내게는 그게 목적이긴 해요.

그래서 나의 쓸모를 바로 증명하기 위해서, 성과가 당장 보이는 청소를 그렇게 열심히 하나 봐요. 말하고 나니 참 찌질하네요. 그래도 어쩔 수 없네요. 이것이 내가 중년이 돼서 찾아낸 방법입니다. 이 일로 나의 쓸모를 증명하고 낯섦을 떨쳐 낼 수 있다면 다행이겠지요.

○
톰 웨이츠 Tom Waits
톰 웨이츠는 1949년생으로 자기가 고속도로를 달리는 차 안에서 태어났다고 주장하는 미국 뮤지션이에요. 음악을 하기 전 클럽 가드, 접시 닦이, 트럭 운전기사 등의 일을 했대요.
정식으로 음악교육을 받지 못했지만 어머니 집에 있는 조율되지 않은 피아노를 혼자 치면서 결국 뮤지션이 되었어요. 솔직히 연주력이 좋지는 않고 노래도 술에 완전히 취해서 부르는 것처럼 막 불러요. 〈스모크

_{Somke}〉라는 영화를 비롯해 다양한 영화에도 나왔고, 시집도 냈고 그림도 그렸어요.

저는 청소할 때마다 톰 웨이츠의《레인 도그스_{Rain Dogs}》앨범을 들으며 해요. 이해하기 쉽지 않은 분위기의 노래들이 실려 있지만, 이 음악을 들으면 무대 위에서 연기를 하는 배우가 된 것 같은 기분이 들거든요. 그래서 청소가 연기를 하는 것 같아지거든요.

종말을 기다리며

모든 종말은 절망적이어야 하며 더불어 파국적이어야 한다. 지구온난화로 인한 기후변화. 너무 빨라 손쓸 틈 없이 퍼져 가는 치명적인 전염병. 환태평양의 불의 고리로 시작된 지각변동. 결국 스스로 자초한 핵전쟁. 인구 과밀과 자원 고갈. 소행성의 지구 충돌. 외계인의 침략. 신에 의한 최후 심판의 날.

그렇지만 나는 이런 종말을 원한다.

어느 날 갑자기 끊겨 버린 무선인터넷처럼 누군가가 우리의 인생을 끝장내어 주기를 바란다. 그렇지만 꽃과 나무는 여전히 그 자리에 있고, 재앙에 건물과 집들은 부서지지 않

고, 도시가 물에 잠기지도 않고, 큰 폭발도 없고 아무것도 불
타지 않으면서, 오직 인간만 사라지는 조용한 종말이 오기를
바란다.

여느 날과 마찬가지로 나는 새로운 아침을 맞이했다. 이내
침대에서 나는 내 안에서 뭔가 사라졌다는 것을 느꼈다. 하
지만 그게 뭔지 알아채지 못한다. 나중에 밝혀지겠지만 그것
은 '사랑'일 것이다.

그날 아침에 우리의 몸과 뇌 안에서 사랑을 느끼는 호르몬
들이 모두 죽어 버린다. 더불어 사랑과 연결되어 있던 이성
애, 동성애, 모성애, 희생, 연민, 동정심, 측은지심이 사라졌
다. 우리는 사랑을 잃었다는 것을 알아차리지 못할 것이다.
그것은 갑자기 사라졌기 때문에 사람들은 뭔가 부족함을 느
끼고 정신과의사를 찾겠지만, 그것이 무엇인지 좀처럼 알 수
없는 철학적 난제로 남게 될 것이다. 점점 홀로 지내는 시간
이 많아질 것이다.

카페는 한적해지고 아무도 사랑에 대해 글을 쓰지 않고,
영화도 그리고 노래들도 빠르게 사라질 것이다. 그리고 이제
까지 만들어진 책, 음악, 영화 들은 모두 창고나 박물관에 인
류의 자산으로 보관될 것이다.

우리는 결국 혼자가 될 것이다. 아무것에도 애정을 쏟지
못하기에 세상은 고요해지고, 사랑이 없어진 세상에는 기쁨

도 사라지고 눈물샘조차 닫혀 버릴 것이다. 정말 아무 일도 일어나지 않아 뉴스도 사라질 것이다.

그러다가 우리의 문명과 문화는 하나하나 슬그머니 사라질 것이다. 시간이 흐를수록 사랑은 잊힌 전설의 아틀란티스 섬처럼 미스터리로 우리에게 남을 것이다. 그때도 우리는 다양한 이유로 죽겠지만, 사랑을 모르기에 삶에 대한 애착이 없어서 스스로 죽음을 선택할지도 모른다. 사랑 없이 살아갈 철학이 인간에게 있을까?

이제 더 이상 생명이 태어나지 않을 것이다. 사랑을 잃었기에 새 생명에 대한 개념을 덤덤하게 받아들일 것이다. 인구는 빠르게 줄어들겠지만, 그 자리를 자연이 채우고 지구는 더 울창해져 서서히 태초의 모습으로 돌아갈 것이다.

이렇게 100년만 지나면 자연스럽고 고요하게 우리는 종말을 맞이할 것이다. 이 종말에서 생존자는 없다. 운이 좋아 새로운 종이 인간의 자리를 대신하게 되면, 한때 번성했던 인류가 어느 날 갑자기 왜 사라졌는지가 미스터리로 남을 것이다. 그들은 결코 그 이유를 알아내지 못할 것이다. 그렇게 우리의 존재는 지구에서 영원히 잊힌다.

이것이 내가 생각하는 종말이다. 아무도 사랑하지 못하고 사랑받지 못하는 '사랑의 종말' 혹은 '우리의 파국'.

당신은 떠날 겁니다

당신은 태어나서 인생의 모든 시간을 보내고, 당신을 지금의 모습으로 만들었고, 가족과 친구들 그리고 돌아갈 집이 있는 대한민국이라는 나라를 너무 사랑할 것입니다. 이건 애국심에 호소하는 게 절대 아닙니다.

만약 당신이 미국, 유럽의 어느 나라나 중국이나 일본 혹은 중동에서 태어났어도 분명 그 나라 사람으로 당신의 나라를 사랑했을 겁니다. 인간의 정체성과 뿌리는 모국mother land에 두고 있으니까요. 우리에게는 태어날 곳을 선택할 권리 같은 것은 애초부터 없었습니다. 그저 태어나 보니 여기였을 뿐인 거죠. 하지만 인간은 자신이 살아 보지 못한 삶을 동경하기 마련이죠. 그래서 이런 생각을 해 보았을 겁니다.

'언젠가 한국이 아닌 다른 나라에서 살아 보고 싶다.'

지금까지 저는 여행으로 동서양을 비롯해 꽤 많은 나라를 여행했습니다. 늘 더 멀리 가고 싶었고, 남들보다 더 많은 것을 보고 싶었기에, 오랜 시간을 낯선 길 위에서 보냈습니다. 이런 마음을 가졌기에 저는 지금 글을 쓰는 작가가 되었습니다. (타고난 재능이 있어서도, 그렇다고 노력으로 이뤄 낸 것도 아니었습니다.)

저의 여행도 다른 사람의 여행과 크게 다르지 않았습니다. 사람들이 칭송하는 관광지나 박물관, 미술관, 그리고 유명하다는 곳 위주로 여행을 했었습니다. 그런데 언젠가부터 그런 여행이 시시하고 아무런 감동이 없다는 것을 알게 되었습니다. 반드시 가야 하는 의심할 여지가 없던 그 관광지들이 저에게는 특별한 감흥을 주지 못했고, "이게 전부라고?!" 하는 의문이 들기 시작하더군요.

그러다 알게 되었습니다. 제가 그런 관광지에 정말 흥미가 없다는 걸 말이죠. 그런 곳들은 티브이나 책 같은 데서 이미 질리도록 봐 왔고 그 명성도 너무 잘 알고 있었지만 실제로 봐도 시큰둥하더라고요. 아는 만큼 그것의 가치가 보인다는 건 사실이겠지만, 솔직히 저는 제가 관심 없는 것까지 알아야 한다는 것에 피로감을 느꼈습니다. 흥미와 취향이 아닌 것까지 굳이 알아야 하는가 싶은 의문이 들었습니다.

그렇지만 애써 먼 곳까지 오기 위해 투자한 돈과 시간을 아까워하며, 여행하면서 본 것들에 대해 억지로 의미를 부여했고 스스로에게 감동할 것을 강요했었습니다. 그렇다고 여행이 끝난 후 다시 집으로 돌아왔을 때 여운이 깊이 남는 것도 아니더라고요. 그저 남들도 다 찍었던 사진 몇 장이 남을 뿐이었습니다.

저는 그렇게 여행을 하는 걸 관뒀습니다. 이제 여행 가이드북을 버렸습니다. 저는 저만의 여행을 찾기 시작했고, 그러다 그걸 찾게 되었습니다. 그때부터 저는 여행 대신 '떠남'을 했습니다.

낯선 곳에 혼자 있다 보면 계속해서 자신의 기분과 생각을 스스로에게 묻게 됩니다. 혼자이기에 이 기분을 나눌 상대가 없기에 스스로에게 귀 기울이게 됩니다. 이건 아주 중요한 지점입니다.

'떠남'은 자신을 위한 것이기에 온전히 스스로 즐기고 자신만의 방식으로 느껴야만 하는 것입니다. 당신이 살다 보면 싫어하는 일을 해야 하는 경우가 많습니다. 우리가 사는 사회에서 꼭 필요한 존재의 의무이기 때문입니다. '떠남'이라는 행위에서 나는 사회의 구성원으로 역할하는 것이 아니라, 책임감과 의무에서 잠시 제외된 취향을 가진 한 개인이 됩니다. 그래서 나 자신이 서 있는 낯선 길에서 하기 싫고 의미 없다고 느끼면 하지 않아도 괜찮습니다.

일상을 살 때처럼 무리할 필요가 없다는 말입니다. 그렇게 하면 부담, 후회라는 것은 어디론가 사라져 버리죠. 당신이 진정으로 원하던 일을 했기 때문에 후회조차도 한 인생의 이야기가 됩니다. 이것이 '떠남'이 주는 매력이고 진심입니다.

'순전히 나에게 귀를 기울이세요. 그리고 내 말을 따르세요.'

제가 '떠남'에서 좋아하는 건, 낯선 나라에 살고 있는 사람들과 관계를 맺고, 그들이 살아가면서 만들어 가는 일상의 풍경을 카페나 거리에서 가만히 지켜보고, 기회가 생기면 그 안으로 들어가 그 도시의 풍경이 되는 것입니다. 그것을 너무너무 사랑합니다. 어디든 사는 모습은 비슷합니다. 하지만 우리와는 다른 환경과 문화가 있는 곳에서 느끼는 낯섦은 큰 가치로 느껴집니다.

그렇다고 사람들의 여행이 시시하다고 말하려는 건 아닙니다. 다들 저마다의 방식과 가치가 있다는 것도 인정하고 있습니다. 그래도 '떠남'을 통해 나와 낯선 나라 사람의 삶이 교차되는 경험을 권해 보고 싶습니다. 이제 여행하는 것이 아니라 떠나 보세요.

* * *

여러분의 '떠남'을 저희 여행사 '생선의쓸모'가 지지합니다. '생선의쓸모'는 자유여행을 지향하며, 기본적으로 다양한 항공편과 숙박을 제공합니다. 물론 안전하게 '떠남'을 하실 수 있도록 보험상품도 제공하고 있습니다.

이제 박물관, 미술관, 관광지나 단체 쇼핑에 지친 분들에게 살아 보지 못한 낯선 도시에서의 시간을 보내실 수 있게 도움을 드리겠습니다. 자세한 사항은 '생선의쓸모' SNS(페이스북, 인스타그램)와 홈페이지를 참고하세요.

오전 아홉 시부터 밤 열 시까지 여러분이 궁금해하는 사항을 전화로 문의할 수 있습니다.

연락처: 1588-10041004

아직 못 간다

귀가 잘 들리지 않는 아버지가 계시기에

스스로 사람이라 믿는 모리씨와 예민한 오로라가 영원히
살 것 같기에

1200cc 혼다 CB 오토바이가 없어 노들길을 질주할 수 없
기에

저승의 뱃사공 카론에게 줄 금화가 없기에

와이오밍주 인디언 하천에서 사나흘 밤을 기다리다 만난
야생 순록 뿔이 보름달에 겹친 순간, 갑자기 터진 잔기침 때
문에 그 영원 같았던 장면을 놓쳤기에

나의 스무 살, 스물여섯이었던 당신의 안부를 듣지 못한
채 스물여섯 해가 지났기에

엄마 장례식에 찾아와 준 사람들의 배려와 부조를 다 갚지
못했기에

14분이나 하는 척 맨지오니Chuck Mangione의 〈칠드런 오브
산체스Children of Sanchez〉를 끝까지 들은 적이 없기에

지금껏 행복하다는 단어를 내 입으로 말한 적이 없기에

북에 있다는 두만강 푸른 물을 보지 못했기에

너무도 많은 약속을 했지만 그걸 제대로 지켜 본 적이 없
기에

진정한 평화와 진실한 따뜻함을 느껴 보지 못했기에

나는 이 삶을 충실히 살지 않았다.

그러하기에,

나는

아직 거기로 갈 수 없다.

돌아갈 곳

그땐 갈 데가 많았고 가야 할 곳도 많았다.

찾는 사람도, 만나고 싶은 사람도, 그리고 나를 기다리는 사람도 있었다. 어디든 내가 멈춰 서는 곳이 나의 목적지였고, 인생은 운전기사 손에 쥔 핸들 같은 것이었다.

지금 나는 집 말고 갈 곳이 없다.

그 집에서 나를 기다리는 이는 없지만 결국 내가 돌아갈 곳은 그곳뿐이다.

미리 쓰는 묘비명

공기처럼 늘 존재했기에 모든 소중함을 이번 생 동안 알아채지 못했지만, 노래들과 문장들, 그리고 당신이 있었기에 내가 보낸 시절이 나쁘거나 지독하진 않았다. 이 지랄맞은 만 년 같은 긴 시간을 버텨 낼 수 있었다고.

나는 더 많은 음악, 더 많은 책, 그리고 더 많은 사랑을 원했다. 세상은 나를 위해 많은 것을 준비해 두었다. 그래서 더 리플레이스먼츠The Replacements나 더 스미스The Smiths 같은 밴드들의 조용한 열정을 닮을 수 있었고, 나의 선생님 리처드 브라우티건Richard Brautigan에게 부유하는 문장을 잡는 법을 배웠다. 이쯤 와서 생각해 보면 이들을 받아들일 귀와 눈 그리고 작은 관심이 있어 다행이었다.

따지고 보면 나쁘지 않은 인생이었다. 그러나 한편으로는 괴랄한 세계 안에서 길을 잃지 않으려 멀미에 시달렸었다. 하지만 나는 결코 쏟아 내지 않고 내 앞에 주어진 모든 걸 삼키며 버텨 왔다. 이제 모든 것을 두고 간다. 그리고 분명 당신도 나와 별반 다르지 않게 살아갈 테니, 너무 기대하지 말고 너무 애쓰지 말라는 당부를 한다.

재미있었다. 작은 관심이 여기 있었기에.
고맙다. 나에게 예쁜 사람들이 있었기에.
그리고 용서한다. 내가 상처 받았어도 그건 어쩔 수 없었던 일이라는 것을.
만약 생을 다시 반복하게 된다면, 다시 당신을 만나고 싶다.

안녕! 그리고 안녕?

나의 삶에 많은 의미를 부여하지 말아 주길.
또, 나는 당신들이 생각했던 그런 사람이 아니었다.
생선이라 불렸던 김동영.

○

이 글을 나의 묘비에 남기고 싶다.

물론 긴 글이라 큰 비석이 필요할 것이고, 글자를 새기려면 석공이 힘들
지도 모르겠다. 그렇다면 다음 문장으로 대신하겠다.

나는 나를 너무 공경했다.

죽도록 사랑받고 싶어서

1판 1쇄 인쇄 2024년 11월 13일
1판 1쇄 발행 2024년 11월 27일

지은이 김동영
펴낸이 김영곤
펴낸곳 (주)북이십일 아르테

책임편집 김지영
기획편집 장미희 최윤지
디자인 엄혜리
마케팅 한충희 남정한 최명열 나은경 한경화
영업 변유경 김영남 강경남 황성진 김도연 권채영 전연우 최유성
제작 이영민 권경민

출판등록 2000년 5월 6일 제406-2003-061호
주소 (10881) 경기도 파주시 회동길 201(문발동)
대표전화 031-955-2100 팩스 031-955-2151
이메일 book21@book21.co.kr

ISBN 979-11-7117-906-0 (03810)

(주)북이십일 경계를 허무는 콘텐츠 리더

북이십일 채널에서 도서 정보와 다양한 영상자료, 이벤트를 만나세요!

인스타그램	instagram.com/21_arte	페이스북	facebook.com/21arte
	instagram.com/jiinpill21		facebook.com/jiinpill21
포스트	post.naver.com/staubin	홈페이지	arte.book21.com
	post.naver.com/21c_editors		book21.com